論
被告、嶋田《しまだ》柊二《しゅうじ》は、
有罪《ギルティ》
恋愛裁判《れんあいさいばん》
僕は有罪《ギルティ》？
原案／40mP
著／西本紘奈 イラスト／たま

原告、葉《は》常《つね》美《み》空《く》は、
被告、嶋田柊二の
不貞行為――
まさに
美《み》空《く》
真面目すぎる
優等生、
だったが……？

恋愛裁判

——浮気による
精神的苦痛を訴えます。

柊《しゅう》二《じ》

バンドマンの
人気者。
性格的には
ダメ男。

「浮気」現場を目撃した日から、
柊二の謝罪攻撃がはじまった――
ごめん……！
顔を見せないでください

ねえ、
情状酌量をください
僕独りじゃ生きてけない

君はもう戻らない
——こんなの、受け取れません
笑顔にだって、なれません
もう許されない

性格的な問題と
一度だけの過ちで
……ごめん
口先の弁護じゃ

愛した人　愛された人

互いを裁き合う宿命《さだめ》だから――

「浮気」をめぐる美空と柊二の恋の行方は――!?

恋愛裁判
僕は有罪《ギルティ》?

原案／40mP
著／西本紘奈

19215

角川ビーンズ文庫

E N T S

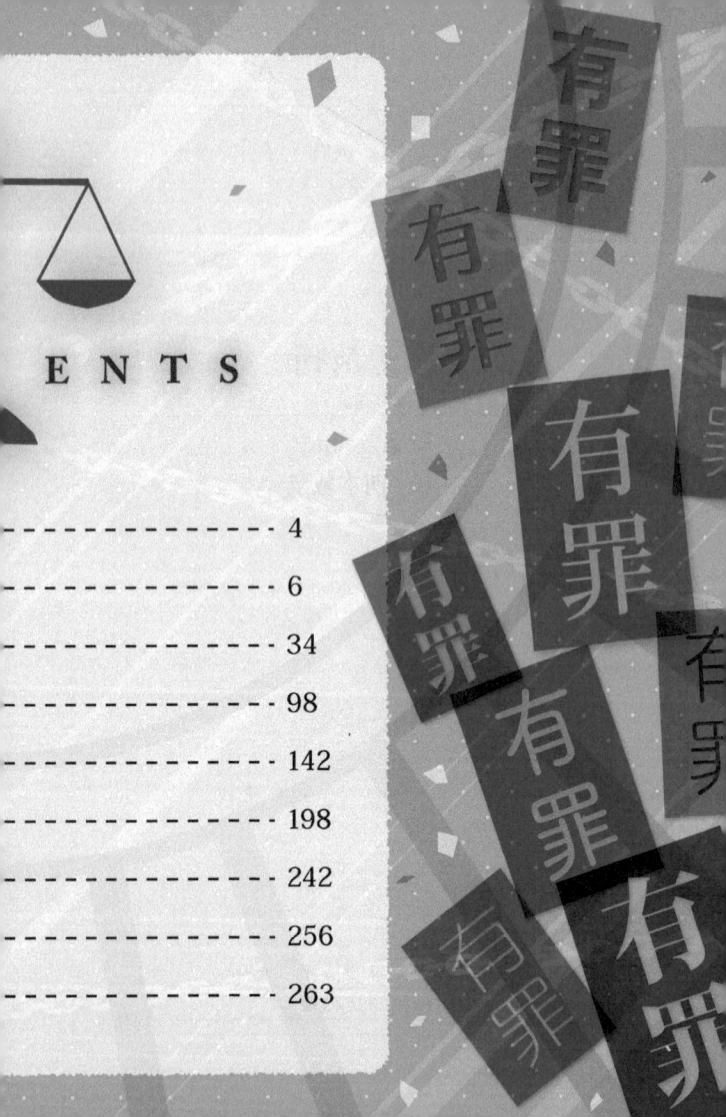

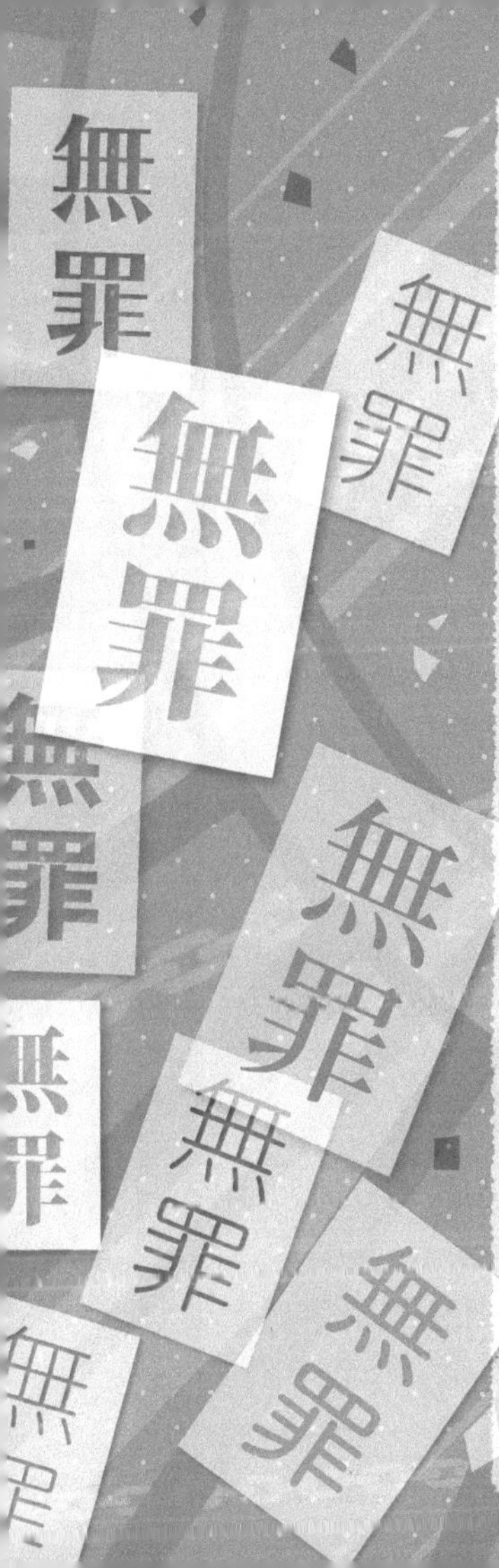

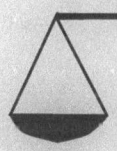

CONT

プロローグ

「――浮気《うわき》です」


告げた声の冷たさに、美空《みく》は自分自身で怖《こわ》くなる。

こんな時に、何の感情もこもっていない声を出せるなんて思っていなかった。

「……え？」

美空の言葉に、彼が目を見開く。

「ちょ、待っ」と何か言いかけるが、美空は「浮気。不貞行為《ふていこうい》」と彼の言葉をさえぎった。

何も聞きたくなかったからだ。

（それに……これ以上、ここに居たくない！）

ぎゅっと握《にぎ》りしめた手を隠《かく》して、美空は彼をにらみつけた。

思い浮《う》かぶのは、何度も読んで覚えていた言葉。

それを、美空は手にした六法全書とともに突《つ》きつける。

「民法第770条。

不貞行為があった場合、またはその他婚姻《こんいん》を継続《けいぞく》し難《がた》い重大な事由があった場合、離婚《りこん》の訴《うった》えを提起できます」


「ねえ、待って――」

彼が焦《あせ》った顔で口を開く。

だけど、その言葉を聞く前に美空は告げた。

「だから――有罪」


お別れですね、と美空は彼に背を向ける。

必死に言い訳する彼の声が聞こえた気がしたけれど、美空は振《ふ》り返らなかった。

(泣きそうな顔なんて見られたくない……！)

――……きっと四月のあの日、出会ったことが間違《まちが》いだったのだ。

第1章

1-1 四月八日 決意

1-2 四月二十一日 遭《そう》遇《ぐう》

1-3 四月二十二日 再会

1-1 四月八日 決意

（今日から私も歌楽坂《かぐらざか》高校の生徒になるんだ……！）

新しい制服に身を包み、葉常《はつね》美空は鏡の前で気合いを入れた。

部屋には美空以外、誰《だれ》もいない。

階段の下から「美空ー、そろそろ時間でしょ？　お母さん用意できたわよー」と母親の明るい声が聞こえてきていた。

美空の母はいつも、一階から二階にある美空の部屋に大声を出して声をかける。

だから美空も同じように「わかってる！」と声を張り上げた。

「そーおー？」

心配そうな母の声に、美空はため息をつく。

（せっかくケータイ持ったんだから、そっちにかけてくれればいいのに）

家の中で大声をあげるなんて、いい年をして恥《は》ずかしい。

友達が来たら絶対にやめてほしい癖《くせ》の一つだ。

（でも……）

ふ、と、鏡に映った自分の顔が不安で歪《ゆが》むのが見えた。

（……友達、できるのかな）


今日は四月八日。

美空が通うことになる、私立歌楽坂高校の入学式の日。

受験勉強を頑張《がんば》って入った、美空にとって憧《あこが》れの学校だ。


そもそも歌楽坂とは東京都《とうきょうと》の中心にありながら川沿いの緑が美しく、また、とある名門大学が近いためか素敵《すてき》なカフェや雑貨屋も多いと評判の場所である。

その歌楽坂から少し外れたところに歌楽坂高校はあった。

創立は古く、歴史ある赤レンガの校舎はドラマの撮影《さつえい》などにも使われるほどだが、その割に自由でおおらかな校風で有名だ。

クラブ活動は盛んで、制服は一応あるけれど基本は私服なところも人気の一つ。

だが、美空が憧れていた理由は、場所でも校風でもない。

（歌楽坂は海音《かいと》お兄ちゃんが通った高校なんだもん）

桂木《かつらぎ》海音。十歳年上の美空の従兄《いとこ》が通っていたのが、歌楽坂高校なのだ。

両親が共働きの美空は海音の家に預けられることも多くて、そのたび、海音は美空に言った。

『美空は真面目《まじめ》で頑張り屋だね』

『もっと力を抜《ぬ》いて良《い》いんだよ』

『……寂《さび》しかったら、いつでも俺がいるからね。困った時は連絡《れんらく》しておいで』

優《やさ》しくて顔立ちが整っていて成績も優秀《ゆうしゅう》な従兄に、美空が淡《あわ》い憧れを抱《いだ》くのは早かった。

彼に憧れて、美空は歌楽坂高校を目指したのだ。

そんな、美空の初恋《はつこい》の人でもある海音は現在弁護士をしている。

（いつか海音お兄ちゃんに『よく頑張ったね』って言われたい。勉強も、何もかも……）

だけど新しい生活は不安が大きい。

ましてや美空の場合、特に不安になる理由があった。

（私、ちゃんと友達つくれたこと無いんだもの……！）

美空は昔から、勉強はできるけれど人付き合いが苦手だ。

（別に嫌《きら》いっていうわけじゃないんだけど、うまく話せないんだよね）

原因はたぶん、小学生のころに男子に「宿題写させてよ」と頼《たの》まれ「自分でやらなきゃだめだから」と断った時のこと。

『勉強できるからって偉《えら》そうにすんなよ、ブス！』

（……別に偉そうにしたつもりなんて無かったんだけどな）

正しいことを言ったと美空自身は思っている。

だけど、その事件以来、まわりから距離《きょり》を置かれるようになってしまった。

そうすると美空も自分の気持ちをどう伝えれば良いのか分からなくなってしまって、上手に誰とでも仲良くすることなんてできなくて。

（クラスの子とは、もちろん普通《ふつう》に喋《しゃべ》ったりしたけど……自分のことを全部話せるような友達はできないままだった）

素の自分を見せるのは難しい。

髪《かみ》だって、本当はもっと高い位置で結びたいけど、なんとなく恥ずかしくてできない。

(目立ったりとか、うまく人と話したりとか、できないよ)

特に美空が苦手なのは、断ることだった。

アンケートや道案内はもちろん、変な勧誘《かんゆう》なんかも断ることが怖《こわ》くなってしまっていた。

そのせいか、余計に声をかけられることも増えてしまった。

きっとそういう人達には、美空が断るのが苦手なタイプだと分かるのだろう。

もしかしたら気が弱そうに見えているのかもしれない。

従兄の海音が言ってくれた『せめて法律で禁じられていることは断ろう？　それが正しいんだから』という言葉だけが頼《たよ》りだ。

(……そうだよね、大事なことはちゃんと口に出さないと。でなきゃ夢だって叶《かな》えられない)

心に決めて、海音にもらった六法全書を鞄《かばん》に入れる。

憲法、民法、商法、民事訴訟《そしょう》法、刑法《けいほう》、刑事《けいじ》訴訟法などが載《の》っている六法全書は十cm以上の厚みがあるが、気にしない。

(高校生なんだから、もっと人付き合いできるようになるんだ――――！)

決意とともに、美空の高校生活が始まった。

1-2 四月二十一日 遭《そう》遇《ぐう》

キーンコーンカーンコーン――……。

朝の八時二十五分。歌楽坂高校の広い校内にチャイムの音が鳴り響《ひび》いた。

一年Aクラスの教室では「あ、もう予鈴《よれい》だ」と自分の席に戻《もど》る生徒や、「間に合ったー！」と慌《あわ》てて駆《か》け込んでくる生徒たちでにぎわっている。

入学式から二週間近く経《た》った火曜日。

授業も本格的に始まりだして、出席番号順にふりわけられた席では入学日の緊張《きんちょう》はとっくに消えていた。

代わりにあふれているのは、できたばかりの友達同士の会話だ。

（……皆《みんな》、どうやったらそんなにすぐに仲良くなれるの⁉）


席に座りながら、美空は内心大声で叫《さけ》びたい気持ちで教室を眺《なが》める。

そもそも朝、誰《だれ》かと一緒《いっしょ》に登校していることからして皆と美空とは違《ちが》う。

歌楽坂にはいくつか路線が走っているけれど、歌楽坂高校に近い出口は一つだけだ。

だから、たいていの生徒達は電車や駅のホームで待ち合わせをして登校してくる。

電車で数十分、駅から徒歩で約十五分。

皆が楽しそうに笑いながら歩く中、美空は一人で登校してきた。

（だって、まだ一緒に学校に来る約束をするような友達いないし……）

誰とも喋らずに教室にいるのも落ち着かなくて、美空はこの数日でお守りのようになっている六法全書をめくる。


「――葉常さんって、いつもそれ読んでるよね？」

「！」


後ろから声をかけられ、美空は肩《かた》を大きく揺《ゆ》らした。

振《ふ》り返った先にいるのは、〝はつね〟の次の〝ももい〟。

ふわふわとしたショートボブと、好奇心《こうきしん》に満ちた子供っぽい顔の少女、桃井萌《ももいもえ》だ。

クラスの中心になるような派手なグループに入っているわけではないが、明るくて流行に敏感《びんかん》な女子、というのが美空の中でのイメージだ。

それを表すように、萌は制服に私服をうまく組み合わせて着ている。

入学したばかりの一年生は、萌のように制服と私服を組み合わせていることが多かった。

ちなみに美空は入学式の時と同じ制服姿だ。

堅《かた》い感じがするのは分かっているけれど、どんな服を着れば良いのか美空には分からないから仕方ない。

そんな中、萌はいつでも自然体で、美空にもこうしてよく話しかけてくる。

「桃井さん――」

美空が振り返ると、萌は明るい色の瞳《ひとみ》で美空に笑いかけた。

「ほら、葉常さん、どこのクラブに入るかって話にも乗らずにそればっかり読んでるから、よっぽど面白《おもしろ》いのかなって思って」

「え、あ、うん、面白いっていうか……」

「うん？」

萌の顔が美空に近付く。

ここまで興味を持たれると答えづらいが、答えないわけにもいかない。

あきらめて、美空は素直《すなお》に表紙を見せた。

「……あの、六法全書、だよ。ただの」

十cm以上はある分厚い本を見せる。

とたんに、萌が少し、とまどったような顔になった。

「へ、へえ……」

驚《おどろ》きと疑問の混じった萌の声。

それに、内心で美空はため息をつく。

(やっぱり微妙《びみょう》な反応になるよね……)


美空だって六法全書を読む高校生が普通だとは思っていない。

ただ、従兄《いとこ》の思い出があるから落ち着くだけだ。

(でも、なんて説明しよう？　実は私、法学部志望なの、とか？　従兄にもらったから、とか？　急にそんなこと言われても困らないかな……!?　距離つめすぎじゃない!?)

親しくなりたい。

友達になりたい。

いろんな気持ちを伝えたい。

そう思うのに、美空はどんな言葉から始めれば良いのか分からない。

萌のように明るくて優《やさ》しい子と友達になってみたいと思っているのに、うまく振る舞《ま》えない。

（桃井さんは、どんな話題だったら楽しんでくれるんだろう――）

「……葉常さん？」

「！」

困ったような萌の声にハッとなった時には、キーンコーン……と八時半の本鈴《ほんれい》が鳴りはじめていた。

⚖　♥　⚖　♥　⚖

（友達って、どうやったら作れるんだろう……）

放課後、図書室の自習席で美空は深い息を吐《は》いた。

広い自習スペースには、壁《かべ》一面の窓ガラスから木漏《こも》れ日が差し込んでくる。

机の上に判例集を広げ、六法全書と照らし合わせるようにページをめくった。

（いい天気……）

歌楽坂高校の図書室は高校のものにしては規模が大きい。

古い本特有の匂《にお》いがこもる重厚《じゅうこう》な雰囲気《ふんいき》の木製本棚《ほんだな》。

落ち着いた焦《こ》げ茶色をした床《ゆか》のタイル。

アンティークのような革張《かわば》りの洋書たち。

レトロで上品なインテリアは、映画の撮影《さつえい》に使われたことがあるというのも納得《なっとく》できる。

（……憧《あこが》れの高校に入ったら何もかもうまくいくと思ってたのに）

結局、あのあと萌との会話が続くことは無く、話しかける内容もタイミングも逃《のが》してしまって、それっきりだ。

クラブ活動、趣味《しゅみ》、寄り道、恋愛《れんあい》と、いろんな高校生活を楽しもうとしているクラスメイトたちの輪に入ることもできず、美空は今日の放課後も一人で過ごしている。

（歌楽坂の図書室が居心地《いごこち》良いのが救いだよね。でないと、どこにも居場所が無い状況《じょうきょう》だったもん）

なんのクラブにも入っていないのだから、放課後は早々に帰るべきなのかもしれない。

だけど、せっかく入った憧れの高校で、すぐに家に帰ってしまうのも寂《さび》しかった。

（もっといろんなこと始めたいのに。友達だって作りたいのに）

なかなか実行できないのは自分の行動力の無さだと美空にも分かっている。

（そうだ、海音お兄ちゃんが入ってたっていう〝裁判同好会〟に私も行ってみようかな。そこなら、私と同じような人がいるかもしれない――）

そんな風に思っていた時だった。


「――ねえ」

頭の上から、中低音の甘い声がかけられた。


「はい――？」

なんだろう、と思って目線を上げると、にっこりと笑《え》みをうかべた男子生徒が立っていた。

（えっ？）

見た途端《とたん》、美空はつい驚いてしまう。

全身私服の彼は、きっと二年生か三年生だ。

甘い目元が印象的で、なんとなく視線を奪《うば》われてしまう魅力《みりょく》がある。

ゆるいパーマがかかった髪《かみ》は一部だけ赤く染めていて、スタイルのいい身体《からだ》といい、妙《みょう》にお洒落《しゃれ》な服といい、男性向けのファッション雑誌に載《の》っていてもおかしくない。

つまり、はっきり言って格好いい。

しかも軽そう。

すくなくとも真面目《まじめ》には見えない。

美空の従兄の海音だってテレビに出ればたちまち〝イケメン弁護士〟として活躍《かつやく》するのは目に見えているのだけれど、あきらかにタイプが違《ちが》う。

言ってしまえば、美空の人生にこれまで関《かか》わりのなかったタイプだ。

(こ、こんな人が私に何の用⁉　なにか注意されるとか⁉)

とっさに思いうかぶのはそんなことだが、真面目そうには決して見えない彼が、わざわざ美空を注意するだろうか？　疑問だ。

(それともまさか……カツアゲ⁉)

美空の頭を嫌《いや》な想像が駆《か》けめぐる。

(どうしよう！　そもそも私、高校に入ってから先生以外の男の人に喋《しゃべ》りかけられたの初めてなんだけど……‼)

なにせ、小学生の時から家族や従兄以外の男性と喋るのは苦手になってしまっていた。

ふと見れば、謎《なぞ》の男子生徒は「？」をうかべたような顔で美空の顔をじっと見つめている。

（……もしかして今、私が挙動不審《ふしん》？）

考えてみれば美空は「ねえ」と声をかけられてから、一人であたふたしている。

（これは……だめだ！）

さすがに高校生にもなって、声をかけられただけで混乱して受け答えができないなんて恥《は》ずかしい。

美空はとっさに平気な顔をとりつくろう。

自然と無愛想《ぶあいそう》な顔になってしまったが、そんなことに気付ける余裕《よゆう》は無かった。

「――あの、何か用ですか？」


声をかけると、彼は急に「えっ、あっ」と慌《あわ》てふためいた。

まるで反応をもらったことに驚いたかのようなしぐさだ。

（私、変なこと言ってないよね？？？）

それとも、こういう反応が普通《ふつう》の反応なんだろうか。

（あるいは――やっぱりカツアゲとか、そういう悪いことだから焦《あせ》ってるとか？）

なんだか急に男子生徒が怪《あや》しく思えてきて、美空は眉《まゆ》を寄せる。

男子生徒は「えーと、あの〜」と手をばたばた動かして、ふいに「――あ！」と声をあげた。

彼の手があるのは、ポケットの上だ。

「………？」

謎の行動に美空が首をかしげていると、男子生徒が急に笑顔になって何かをさしだしてきた。

「ねぇ、君、俺がやってるバンドのライブに来ない？」


(な、こ、これは――――)

ひらり、と差し出された二枚の紙を見て、美空はとっさに思い当たった。

高校、バンド、ライブ、チケット。

そしてあきらかにバンドに興味の無さそうな美空にまで声をかけてくる、謎の男子生徒。

(――――つまり、チケットを私に買わせようとしてるんだ‼)

美空は詳《くわ》しくないけれど、ライブのチケットはそれなりに高いというイメージがある。

それに、小学生のころ、バレエやピアノの発表会のチケットを買ってほしいと両親が頼《たの》まれていたのも見たことがある。

（きっと、あれと同じような感じだよね）

ましてや高校生のバンドならチケットが余っていてもおかしくない。

だから彼は校内をうろついて、たまたま図書室で見つけた美空に声をかけたのに違いない。

こいつなら気も弱そうだし買い取ってくれそうだ、と。

……まるで街頭アンケートや変な勧誘《かんゆう》の人達のように。

従兄《いとこ》の海音の声が、美空の頭によみがえった。

『せめて法律で禁じられていることは断ろう？　それが正しいんだから』

（――そうだ、押し売りは犯罪だもん、ここは断っていいはず!!……ううん、ここでちゃんと断れる人になれなきゃ、せっかく高校生になった意味が無い！）

決意した美空の視界に、従兄にもらった六法全書が映った。

（これだ!!）

すぐに心を決めて、男子生徒をにらみつける。

少し緊張《きんちょう》したような笑顔で美空を見守っていた男子生徒が、その視線に後ずさった。

その隙《すき》をつくようにして、美空は目当てのページを開いて男子生徒の眼前につきだす。

(上級生だからってチケットを売りつけようとしても、絶対に負けないんだから!)

目をぱちぱちと瞬《また》かせる男子生徒をにらみつけた。

まるで有罪判決をつきつけるように、告げる。


「あなたの行為《こうい》は強要罪にあたります!」


「…………へ?」

男子生徒が間抜《まぬ》けな声をあげた。

だけど美空は気にせずに、むしろ追いつめる気分で続ける。

「身体的、および年齢《ねんれい》的優位から金品の買い取りを強要する行為、いわゆる〝押し売り〟は刑《けい》法《ほう》第223条、強要罪に相当し三年以下の懲役《ちょうえき》が科せられる可能性があります」

「……は?」

すらすらと告げた美空の言葉に、男子生徒の表情が固まった。

(言ってやった――!)

もしかしたら美空は人生で初めて堂々と断ることができたかもしれない。

胸の奥から達成感がわいてくる。

(私もやればできるんだ!!)

初めて他人を言い負かしたことに気を良くして、美空は手早く本を片付け始める。

全《すべ》てまとめて鞄《かばん》に入れた後、ずっとそばに立っていた押し売り男に向きなおった。

「それじゃ、失礼します」

たとえ押し売り男とはいえ上級生なのだから、挨拶《あいさつ》くらいはするべきだろう。

そう考えて、美空は軽く頭を下げてから図書室を出て行く。

(よし、この調子で頑張《がんば》ろう!)

美空は心の中で自分に言い聞かせ、足早に去って行った。


残されたのは押し売り男一人だ。

「…………マジで?」

男子生徒は小さな声でつぶやき、美空の去って行ったほうを見つめる。

参ったなぁ、と、言葉のわりに楽しそうな顔で笑った。

「断られたのとか初めてなんだけど……!」

男子生徒の照れたような顔でのひとりごとは、誰《だれ》にも聞かれることはなかった。

1-3 四月二十二日 再会

「裁判同好会は、もう無い……!?」

押し売り男に会った翌日の昼休み、美空は職員室に来ていた。初めて正々堂々断れたことに自信がついて、従兄の入っていた裁判同好会への入部を決めたのだ。

ところが、担任教師は「それは無理だ」と返してきた。

「裁判同好会は、もう無いから」と。

教師が淡々《たんたん》とした声で告げる。

「たしかに数年前まではあったんだけどねぇ。在籍《ざいせき》する生徒がいなくなって、今は休部状態なんだよね」

「そんな……！」

（クラブ案内に裁判同好会が載《の》ってなかったから変だな、とは思ってたけど、まさか休部だなんて！）

教師の言葉に、美空は言葉を失う。

（せっかく勇気を出して先生のところに来たのに……）

職員室はがやがやと騒《さわ》がしく、時々電話が鳴って事務員が応対する声が聞こえる。

特に用事でもなければ来るはずのなかった場所に美空が来たのは、裁判同好会のためだけだ。

（……海音お兄ちゃんと同じように、高校生活を過ごしたかったのに）

思い通りにはいかなくて、美空はぎゅっと拳《こぶし》を握《にぎ》りしめる。

「…………っ」

教師に何か言うこともできない。

そんな美空をどう思ったのか、担任教師は何かを考えるように腕《うで》を組んだ。

「葉常さん、そんなに弁論したいならさ」

「はい？」

（先生ってば、一体何を言い出すの？）

美空は裁判を学びたいのであって、弁論がしたいわけではない。

なのに、教師は美空の戸惑《とまど》いになど気づかず、とんでもないことを言い出した。

「こんどの弁論大会、クラス代表として出るといいよ！」

「…………はい⁉」

美空が目を大きく見開く。

担任教師がにこにこと笑顔《えがお》になった。

「急だけどさ、いいでしょ？　それともだめなの？」

「え、そ、それは、その」

――嫌《いや》です。

本当は美空はそう言いたい気持ちで一杯《いっぱい》だ。

（だけど――……）

言葉が喉《のど》で引っかかったように、出てこない。

教師の目が気になって、「無理です」と言うことができない。

（あの押し売り男には、ちゃんと言えたけど……）

従兄《いとこ》の言葉も、今は役に立たない。

教師は法律的に問題のあることを言ってきているわけではないからだ。

「うん、いいよね！　良かった!!」

（そもそも先生には逆らいづらいんだもん）

何も言わない美空の反応を、教師は了承《りょうしょう》だと受け取って「うん、いいよね！　良かった!!」と話を進めてしまう。

「実はうちのクラスだけまだ決まってなかったから、今日くらいに希望者を募《つの》ろうと思ってたんだ。葉常さんが来てくれて本当に安心したよ！　全校生徒の前で発表してもらうからね」

「な……！」

（全校生徒!?）

嘘《うそ》ですよね、と言いたいけど、話が進みすぎて何も言えない。

「楽しみにしていて！」

美空が動揺《どうよう》している間に、教師は満面の笑みになって話を終わらせてしまった。

（全然楽しみじゃないんですけど――――！）

叫《さけ》びたくても、決定されてしまった後だった。


（全校生徒の前で作文を読むなんて最悪すぎる……！）

職員室からの帰り道、階段を歩きながら美空はため息をつく。

弁論大会は約一か月後の五月二十九日、金曜日。

ゴールデンウィーク明けに一度原稿《げんこう》を見せるように先生には言われている。

弁論大会のテーマは『私の夢』ということなので、しっかりとした夢がある美空にとって作文を書くこと自体はそんなに難しいことではない。

ただ問題は、それを皆《みんな》の前で発表するということだ。

(壇上《だんじょう》に立ってマイクで喋《しゃべ》るなんて、そんなの絶対緊張《きんちょう》しすぎて失敗しちゃう‼)

考えただけでも気が遠くなりそうな美空である。

(だからって今さら断ることもできないし……)

はあ、と、ため息ばかりが多くなる。

それでも、なんとか一年の教室が並ぶ廊下《ろうか》まで戻《もど》って来た時。

「――あ、葉常さん！　待ってたんだよ」

「桃井さん？」

慌《あわ》てふためいた様子の桃井萌が美空のところに駆《か》け寄ってくる。

(一体どうしたんだろう？　桃井さんに〝待ってた〟なんて言われるの初めてだよね？)

何事だろう、と美空はまず驚《おどろ》いてしまう。

萌は気にせず「早く!」と美空の腕を摑《つか》んで引きずるようにしていく。

向かう先はどうやら一Aの教室前のようだ。

「あ、あの、桃井さ——」

「あのね、葉常さんにお客さんなの!!」

「お客さん?」

客、という言葉に美空は首をひねる。

(まさかお母さんじゃないよね?)

とっさに母が浮《う》かんだのは、それくらいしか美空に用がある人が思い浮かばなかったからだ。

萌は妙《みょう》に興奮した様子で「そう!」と頷《うなず》き、一Aの扉《とびら》の前に立つ人物を指さした。

「ほら、あの人——」

言われて視線を向けると、そこに居たのは長身の男子生徒。

(え?)


「——見つけた! やっぱ君だ!!」

一部だけ赤く染めた、ゆるく波打つ髪《かみ》。均整のとれた身体《からだ》。印象的な甘い目元が、美空に笑いかける。

「俺、君のこと探しまわったんだよね。……君と仲良くなりたくて！」

（ええええええええ⁉）

昨日の押し売り男が、美空を見てにこにこと笑っていた。

第2章

2-1 四月二十二日 萌芽《ほうが》

(な、仲良くなりたい!? 私と!?)

突然《とつぜん》の押し売り男の出現と、その言葉に、美空の頭がついていかない。

おもわず扉の前で硬直《こうちょく》してしまう。

しかし押し売り男は構わずに、へらへらと笑って話しだした。

「あ、俺は二Cの嶋田《しまだ》柊二《しゅうじ》ね。君は葉常美空さんって名前なんだよね? さっき萌ちゃんに聞いたよ。美空ちゃんって呼んでいい?」

「は? あの、えっと」

「六法全書を持ってる子って言って、いろんな子に聞いてまわってきたんだよね～」

「ええ!?」

「どうしても、また美空ちゃんに会いたくってさ」

笑いながら告げられた言葉に、美空は言葉を失ってしまう。

(ていうか……いきなり名前呼び!?)

美空の人生で男性に名前で呼ばれたことなんて、家族や従兄《いとこ》以外にない。

「そうそう、美空ちゃん、俺のことは柊二って呼んでくればいいからさ！」

「はい⁉」

明るい言葉に、美空は面食《めんく》らう。

（なんて強引《ごういん》なの！）

あまりにもマイペースな押し売り男――嶋田柊二に、美空はついていくことができない。

美空を柊二に引き合わせた張本人の萌は、なぜか興味津々《きょうみしんしん》といった目で二人が会話する姿を見つめている。会話に入ってくる気はない様子だ。

こうなったら美空が自力で対決するしかない。


（どうしてこんなことに……！　押し売りの続き⁉　それともまさか、復讐《ふくしゅう》――⁉）

疑いの目を向けると、柊二が慌《あわ》てたように首を横に振《ふ》った。

「そういえば誤解させちゃったみたいだけど、俺、チケット売るつもりとか無かったからね⁉　しかも押し売りとか、すげー誤解だから‼」

「……そうなんですか？」

美空の問いに、柊二は力強くうなずく。

「そう、誤解!!――――俺は君と仲良くなりたいだけだから!」

「な……!!」

きっぱりとした柊二の宣言に、美空は肩《かた》を揺《ゆ》らした。

(何なの、この人。怪《あや》しい……!)

昨日、出会ったばかりの二年の押し売り男。

急に〝仲良くなりたい〟なんて言われても信用できるはずもない。

美空は柊二をにらみつける。

しかし柊二は気にせず「ねぇねぇ」と楽しげに話しかけてきた。


「美空ちゃん、今日も制服なんだね。他《ほか》の子みたいに私服にしないの? あ、誕生日とか好きな音楽とか教えてもらってもいい? 一人っ子? 休みの日は何してる?」

「……お答えする義務はありません」

「冷たいな〜。じゃあせめて、好きなタイプとか」

「知りません」

次から次へと繰《く》り出される柊二の質問に、美空は毅然《きぜん》とした態度で答える。

(よく言った、私! どう考えても、こんな怪しい人にまともに応対しちゃだめだよね)

いつもなら怪しいアンケートなんかにも答えてしまう美空だが、今日は違《ちが》う。なんとなくだけれど、最初の押し売り時にちゃんと断れたからか、柊二に対しては強い態度で喋《しゃべ》れている気がする。

（海音お兄ちゃん以外の男の人となんて、ろくに喋ったことなかったのに）

美空自身、すこし意外なくらいだ。

だが驚《おどろ》くひまもなく、柊二はどんどん話しかけてくる。

「じゃあさ、好きな食べ物とかなら問題ないよね？」

「……」

「それか、嫌《きら》いな食べ物とか？」

「……………」

「あ、勉強得意そうだけど、苦手な科目とかある？」

「……………」

「ね、いいじゃん、ちょっとくらい教えてくれても。俺さ、君に興味あるんだよね！」

（はあ？）

興味、という言葉に、美空は少し眉《まゆ》を寄せた。

「……困ります」

「！」

興味があるなんて言われても、美空は柊二に面白《おもしろ》い話題なんて提供できない。よく知らない相手にこんな風に根掘《ねほ》り葉掘り質問される理由も分からない。はっきり言って、ちょっと迷惑《めいわく》だ。

目をそらした美空に、柊二が驚いたような顔をした。

「……君、俺に興味あるって言われて、嬉《うれ》しくないの？」

「は？」

柊二は心底不思議そうな顔で、きょとんとしていた。

(何言ってるんだろう、この人)

自意識過剰《かじょう》にもほどがある。

ただでさえ押し売り疑惑《ぎわく》で悪い印象だったのに、どんどん最悪なイメージになってくる。

(強引だし、何考えてるのか謎《なぞ》だし、自意識過剰だし……何者？　そもそも、どうして私なんかを探して話しかけてきたの？)

美空からすると、柊二は謎だらけの変な人物だ。

けれど。

「――……君、やっぱり面白いね」

（えっ？）


小さなつぶやきとともに、柊二がふっと笑った。

その笑《え》みに、美空の心臓が急に跳《は》ねる。

「面白いって、何を――」

美空が言いかけたところで予鈴《よれい》が鳴った。

もうすぐ昼休みが終わりだ。

（いけない、次は教室移動のはず！）

水曜五時間目の地学の授業は地学室で行われる。

地学室のある理科棟《とう》は本校舎から離《はな》れており、歩いて五分近くかかるのでかなり急がなくては間に合わない。

事実、教室内の生徒達がざわざわと移動しはじめた。

気付いた柊二が「もしかして次、教室移動？」と聞いてくる。

「え？　えっと、はい、地学室に……」

「そっか、ごめんね、忙《いそが》しいとこ！」

「い、いえ……」

全くだ、と思っていても、そこまで素直《すなお》には言えなくて、美空はあやふやに答えた。

「萌ちゃんも」と笑う柊二に、萌のほうは「いえいえ！」と嬉しそうに答えている。

(とにかく、これで解放されるってことだよね、良かった)

美空が安心して息を吐《つ》こうとした時。

「――それじゃ、また来るから！」

「！」


「またね、美空ちゃん！　あ、萌ちゃんも」

柊二は笑顔で言い、廊下《ろうか》の向こうへ去っていってしまった。

(〝また〟って……まさか、また会いに来る気じゃないよね――？)

突然《とつぜん》現れた押し売り男の嶋田柊二に、美空は混乱を隠《かく》せなかった。

「いい!?　嶋田柊一先輩《せんぱい》はね、あの通り見た目も良い《い》上、インディーズとはいえ高校生なのに人気バンドのボーカルとしても歌楽坂では有名なの！　ライブのチケットは毎回即日《そくじつ》完売で、歌楽坂の生徒でもなかなか手に入らないことで知られてるんだよ!!」

「そ、そうなんだ？」

「そう！　超《ちょう》有名人！　憧《あこが》れ!!　雲の上の存在なの!!」

「へぇ……」


授業前の地学室で、美空は萌の熱弁に聞き入っていた。

どうしてこうなったのかというと、柊二が訪《おとず》れてきた後のこと。

「ね、ねえ、葉常さん！」と、ずっと黙《だま》って二人を見ていた萌が、耐《た》えかねたように美空に迫《せま》ってきたのだ。

「葉常さん、嶋田先輩とどんな関係なの!?　わざわざ会いに来るとかすごい!!」

「ど、どんな、って……」

「あ、地学室行きながら話そうよ～？　ね！」

「う、うん」

言ったところで、声がかかる。

「——葉常さん、桃井さん、教室出るなら、早く」

「は、はい！」

「は～い、ごめんね、夏木君《なつき》」

少し冷たい感じがする眼鏡の学級委員長、夏木に押されるようにして、一人は一緒《いっしょ》に急ぎ始め、そして。

移動中に美空が柊二との出会いを簡単に説明した後、逆に「桃井さんは嶋田先輩と知り合いだったの？」と聞けば、萌にものすごい形相で「嶋田先輩のこと知らないの!?」とすごまれ、語られてしまったのだ。

⚖　♥　⚖　♥　⚖

（バンドって、もしかして押し売りされそうになったチケットのこと？　あれにそんな価値があったなんて知らなかった……）

萌の勢いづいた説明に圧《お》されつつ、美空は思う。

(だとしたら押し売りなんて見当違《ちが》いのこと言って悪いことしちゃったよね。いや、でもやっぱりあんな声のかけ方は不審《ふしん》だし、今日のことだってどう考えても変だし。第一――)

美空が考えていると「それにしても」と萌が美空に近付いた。

「あの嶋田先輩と放課後の図書室で出会うなんて運命的だよね～！」

「う、運命？　いやいや……」

(何言ってるんだろう、桃井さん。私は緊張《きんちょう》したり怪《あや》しんだりしかしてないのに)

美空としては萌が何にときめいているのか理解できない。

(まさか、こういうことに運命を感じられないから私って友達できないのかな？)

美空がぐるぐる考えている間にも、萌は目をきらきらとさせて語る。

「嶋田先輩はどの学年にも人気で、特に熱いのが三年の女子の先輩達なんだって。ファングループ的なのがあるみたい。けど、嶋田先輩は誰《だれ》にでも優《やさ》しいし、いっつもにこにこしてるのに、誰とも特別な関係にはならないことでも有名なんだよね。彼女つくらないっていうか」

「へえ……」

(それはちょっと、意外かも)

見た目からして、てっきり遊んでいると思っていたのだ。

(まあ考えてみれば外見で判断するなんて失礼だよね)

美空が反省していると、萌が「でも!」と、さらに勢いづいた。

「なのに、そんな嶋田先輩が葉常さんをわざわざ探してきたなんて、シンデレラみたいじゃない〜⁉」

「ええ⁉　いやいや、無いよ、全然違う!」

聞き役に徹《てっ》していた美空だが、シンデレラという言葉には反論せずにはいられない。


「桃井さん、言ったよね?　私と嶋田先輩の最悪な感じの出会い方。押し売りと誤解した私も悪かったけど、いきなり『ライブに来ない?』って言われても警戒《けいかい》するでしょ?　かなり変な人だったんだよ、嶋田先輩」

「まあ、その話しかけ方は変だよね〜」

うんうん、と萌は納得《なっとく》してくれる。

美空もそれに力を得て続けた。

「そのうえ急に人の教室に押しかけて、何かと思えば『仲良くなりたい』とか『好きな食べ物は?』とか、うさんくさい以外の何物でもないじゃない?」

「う〜ん、私なら騙《だま》されてるのかと思うかも。罰《ばつ》ゲームとか」

「でしょ⁉　そもそも、まず押し売りと誤解されたことに怒《おこ》って謝罪を求めると思うんだよね。だいぶ何考えてるか分かんない人だよ……！」

「……たしかに、そう聞くと相当変な人だよね〜、嶋田先輩」

「本当に！」

萌の言葉に、美空は深くうなずく。

「第一――」

言いながら、美空は拳《こぶし》を握《にぎ》りしめた。

「――……そんな人気者の嶋田先輩が、どうしてよりにもよって私なんかに声かけてきたのか、逆に怖《こわ》い……！」

（こんなこと初めてで混乱するし緊張するし、どうしたらいいのか分かんないよ……！）

全《すべ》て、初めてなのだ。

突然、同じ学校の先輩に話しかけられることも、父や従兄《いとこ》以外の異性と事務連絡《れんらく》以外の会話をすることも、何もかも。

（嶋田先輩のせいで昨日から最悪の高校生活って感じ……）

何度目になるのか分からないため息を吐《つ》く。

そんな美空を、萌がじっと見つめた。

「…………」

「桃井さん？」

ふと視線を感じて振《ふ》り向けば、萌は「なんだか意外」と微笑《ほほえ》んだ。

「葉常さんって、けっこう喋《しゃべ》ってくれるんだね～」

「え？」

「いつも話しかけてもあんまり答えてくれないから、嫌《きら》われてるのかと思ってたんだ～」

「な……！　そ、そんなこと全然ないよ‼」

萌の言葉を、美空は慌《あわ》てて否定する。

とんだ誤解だ。

「ただちょっと会話が下手《へた》なだけで、むしろ桃井さんといろいろ喋れたらいいな、って、ずっと思ってたから！」

「……そうなの？」

萌が大きな瞳《ひとみ》を、いっそう大きく見開いた。

（あれっ、私、もしかして今すごく恥《は》ずかしいこと言っちゃった――？）

柊二の出現に驚《おどろ》いたり緊張したりストレスがかかって慌てすぎて、言わなくて良いことまで言ってしまった気がする。

失敗した、と美空が思った直後。

ふふ、と萌が頬《ほお》を赤らめてはにかんだ。

「だったら嬉《うれ》しいな～！　私も葉常さんともっと喋ってみたいって思ったところなの」

「え……？」

「葉常さんってすごく真面目《まじめ》な子なのかなって思ってたけど、嶋田先輩《せんぱい》への態度といい、ちょっと変わってて面白《おもしろ》いんだもん」

「――――！」

これからよろしくね、と、無邪気《むじゃき》な笑顔で萌が連絡先の交換《こうかん》を呼びかけてくる。

「そうだ、葉常さんのこと、私も嶋田先輩みたいに〝美空ちゃん〟って呼んでいい？」

「も、もちろん！　じゃあ私も……」

「うんうん、萌って呼んで～」

「……ありがとう……！」

美空ちゃん。萌ちゃん。

いかにも友達っぽい響《ひび》きに、美空は感動する。

(こ、こんな風に友達になれるなんて――……!)

さっきまで嶋田先輩のせいで最悪な高校生活だと思っていた。

けれどある意味、嶋田先輩のおかげで良いこともあった、と美空は思いなおす。

(嶋田先輩のことでもやもやしてなかったら、こんな風に喋れなかったもん!)

高校に入って初めて嬉しい気分になってくる。


そういえば、と、美空は萌に問いかけた。

「……ちなみに、萌ちゃんが私と同じ立場なら、運命を感じるの?」

美空の質問に、萌はあっさりと答えた。

「ううん~、私は嶋田先輩みたいに軽そうな人って好みじゃないから~」

「…………」

話題としては興味あるけど、と笑顔でつけたした萌に、美空は(萌ちゃんってこういう人だったんだ……)と内心で納得した。

どうやら萌はかなり好奇心《こうきしん》が旺盛《おうせい》なようだ。

(まあ、その、素直《すなお》で気持ちいいよね、うん!)

美空の沈黙《ちんもく》を不安ととらえたのか、萌が安心させるように美空の肩《かた》を叩《たた》く。

「大丈夫《だいじょうぶ》だよ～、美空ちゃん。嶋田先輩はちょっと謎《なぞ》な人だったし、どうして美空ちゃんに声かけたのかは実際かなり不思議だけど、深く考えない方が良いって」

「そ、そうかな？」

「うんうん、だってほら、嶋田先輩は皆《みんな》に優《やさ》しいけど、特別な子は作らないって話だし」

ね？　と言われ、美空は「そっか……」とうなずく。

（あれ？　どうして私、がっかりしたような、ホッとしたような変な気分なんだろう）

なんだか胸のあたりが気持ち悪くて、でもそれは一瞬《いっしゅん》のことで、美空は気のせいかと忘れることにする。

代わりに、萌に「そうだよね」と微笑み返した。

「嶋田先輩が声をかけてきたのは、きっとただの気まぐれだよね」

「うんうん、〝また〟なんて社交辞令だよ～」

「だ、だよね！」

「このたった一度の出会いを運命の思い出として大事にするとか？」

「しないよ！」

「だろうね～」

うなずきあい、連絡先を交換した二人は知らなかった。
翌日から、想像をはるかに超《こ》えた事態が起こることを——。

2-2 四月二十三日〜三十日 来襲《らいしゅう》

「美空ちゃん、元気？　一日ぶり！」

（な…………!!）

翌日の昼休み、一Aの教室前廊下《ろうか》で、美空は声を失った。
美空の呼びだしを頼《たの》まれた学級委員長の夏木が、軽く会釈《えしゃく》をして去って行く。
残されたのは美空と、美空を呼びだした人間。

「柊二先輩って呼んでくれていーからね！」

笑顔の、嶋田柊二だった。

「どど、どうして……っ」

「え？　またね、って言ったじゃん」

動揺《どうよう》してうまく喋れない美空に、柊二はにこにこと笑う。

「それより、今日は教えてくれるよね？　まず誕生日と血液型とか！　あ、俺は身長百七十六cm、好きなスポーツはサッカー、誕生日は十月一日生まれの天秤座《てんびんざ》、血液型はO。趣味《しゅみ》はバンド活動ね。ちなみに姉貴が一人。だから二番目の子で、柊二。美空ちゃんは？」

「な、なんでそんなこと教えなきゃいけないんですか⁉」

またしても質問攻《しつもんぜ》めにされ、美空が後ずさった。

（そうだ、そもそも――……）

「――どうして嶋田先輩、私に声をかけてくるんです？」

（嶋田先輩は有名人で人気者なのに、よりにもよって私に声をかける理由が分からない！）

警戒心《けいかいしん》をむきだしにして問いかけた美空に、柊二は小首をかしげた。

「……え？　どうしてって……知りたいから？」

「は？」

きょとん、と子供のような顔で答えられても、美空も困る。

（わけが分からないんだけど……！）

「し、失礼します！」

「あ、待ってよ美空ちゃん！」

柊二の回答が意味不明すぎて、美空はとっさにその場から逃《に》げだした。

（気まぐれってことだよね？　話しかけられるのなんて慣れてないんだから困るよ――！）

早く柊二が美空に飽《あ》きてしまえばいい。

そう願って、美空は柊二から身を隠《かく》した。


ところが。


「美空ちゃん、良かったら一緒《いっしょ》に昼ごはん食べよ？」

にこにことと、翌日の昼休みにも柊二は一Ａに現れた。

「い、嫌《いや》ですよ!?」

（喋《しゃべ》るのも苦手なのに、一緒にごはんとかありえない!!）

全力で逃げた美空に、さすがに嫌気がさしただろうと思ったのが金曜日。

（きっと土日で冷静になるよね……！）

そう思ったのに。


「美空ちゃん、音楽とか聞いたりしないの？」

「な、なんで今日もいるんですか……！」

翌週の月曜日になっても、柊二は一Aを訪《おとず》れた。

「だってまだ質問に答えてもらってないし？」

「ええ？」

わけが分からなくて顔を歪《ゆが》ませると、柊二は楽しそうに笑う。

「知りたいんだ、美空ちゃんのこと。ね？」

「……!!」

甘い笑《え》みに、なぜか耐《た》えられなくなって、美空は教室から逃げだした。

（ど、どうして私、どきどきしちゃうの!?　こんなの、ただの嶋田先輩《せんぱい》の気まぐれに決まってるのに――！）

⚖ ♥ ⚖ ♥ ⚖

そうして逃げたせいで美空としては気まずくなった翌日の火曜日。

「あのさ、美空ちゃんはどうして俺から逃げるの？」

もしかして俺、嫌《きら》われてる？

やはり昼休みに来た柊二に寂《さび》しそうに言われ、美空に罪悪感が生まれた。

「そ、そういうわけじゃありませんけど……」

「じゃあ、お話ししようよ！」

（お話!?）

外見に似合わずかわいらしい表現をされ、美空は固まってしまう。

（でも……）

ここ数日、柊二はずっと昼休みに美空を訪ねて来てくれた。

にもかかわらず、美空は逃げてばかりだ。

「ね？　ね？」

柊二が美空の顔をのぞきこんでくる。

柊二の赤い前髪《まえがみ》がひとふさ、ふわりと揺《ゆ》れた。


（――……いっそ、ちゃんと答えたほうが嶋田先輩の興味も薄《うす》れるのかも）

こうして逃げてばかりだから、余計に柊二の好奇心《こうきしん》をくすぐるのかもしれない。

そんな風に考えて、美空はため息を一つこぼしてからうなずいた。

「……たいして面白《おもしろ》い話はできませんよ？」

「俺と話してくれるの⁉」

美空の言葉に柊二が嬉《うれ》しそうに顔を輝《かがや》かせる。

このチャンスを逃《のが》すか、とばかりに食いついてきた。

「じゃ、じゃあ、誕生日は？　血液型も！」

「誕生日は八月三十一日。血液型はA型です。嶋田先輩はO型ですっけ？」

「そう！　覚えててくれたんだ？　へへっ、嬉しー」

柊二が顔を赤らめる。

（……そんなことで本当に嬉しそうにされると、困るよ）

まるで柊二が心から美空と話したかったみたいに見えてしまう。

（きっと、気まぐれに決まってるのに）

「えっとじゃあ好きな音楽とかは？」

「音楽はあまり聞かないので……」

「えっ、嫌い？」

「そんなことはないです。良《い》い曲だな、って思ったりもしますし」

「そうなんだね、良かった！」

　にこにこと柊二は嬉しそうだ。

（そっか、嶋田先輩はバンド活動してるから、きっと音楽好きだよね。どんな曲を歌ってるのか知らないけど……）

　美空が柊二のバンドのことを質問するより先に、柊二が次の質問をくりだしてくる。

「好きなこととかは？　休みの日にやってることとか」

「休みの日は……勉強したり、家族で過ごしたり……」

（家族っていうか、だいたいは海音お兄ちゃんとだけど）

「へぇ、家族仲がいーんだね！」

「……どうも」

お礼を言うようなことでもない気がしたが、とりあえず美空はあやふやに答える。

柊二が、ふっ、と小さく笑った。

「――かわいい」


「!?」

小声のひとりごとは、ちゃんと美空の耳にも届いて。

「な、なにを……っ」

赤くなった顔で柊二を見上げると、柊二も同じくらい頬《ほお》を赤くしていて。

「え、あ、ごめん、なんか急に思っちゃって――……」

「い、いえ、あの、その」

(嶋田先輩、なに言いだすの!?　やっぱり遊び人だからこんなこと言えちゃうの!?　でもそのわりに自分で自分の言葉に照れてるし、もう、わけが分からないよ!!)

恥《は》ずかしさと照れと混乱で、美空の頭も口もまわらない。

ぱくぱくと、唇《くちびる》だけが動くけれど、何も言えない。

言う言葉が見つからない。

「…………っ」

「ご、ごめん、また明日《あした》！」

照れたように目をそらした柊二が、あわただしく言って去って行った。

（――――嶋田先輩、なに考えてるの――――？）

教室前の廊下《ろうか》に一人とりのこされた美空は、赤い顔を隠《かく》すようにして急ぎ足で自分の席に戻《もど》って行った。

美空と柊二を見ていた人影《ひとかげ》があったことにも、気付かないままに。

⚖ ❤ ⚖ ❤ ⚖

（昨日の水曜日が休みで良かった……）

四月二十九日は昭和の日で休日。

おかげで美空はなんとか平常心に戻ることができた気がする。

（嶋田先輩はこんな風に緊張《きんちょう》したりしないのかな？）

昼休みの時間、萌や他《ほか》のクラスメイトたちと食事をとりながら、美空はちらちらと扉《とびら》のほう

を気にしてしまう。

何を考えているか分からないから、柊二との会話は苦手だ。

でも、柊二のことは――。

(来てほしいような、来てほしくないような……)

自分でも良く分からない気持ちでいると、またしても学級委員長の夏木が「葉常さん、二年の嶋田先輩《せんぱい》が来てる」と美空を呼びに来た。

「う、うん……!」

なぜかどきどきする胸を押さえて、美空は扉の方へと急ぐ。

お守り代わりに、六法全書を手に持って行った。


「今日はね、美空ちゃんに聞きたいことを整理してきたんだ!」

「……は?」

呆《あき》れそうになる美空を気にせず、柊二は自信満々に質問しはじめる。

「好きな食べ物、嫌《きら》いな食べ物は?」

「え、えーと、好き嫌いは特にありません」

「へー、俺は辛党《からとう》。あ、甘いのも好きだけどね。じゃあ次、行ってみたい場所とかは?」

「場所？　そんなこと急に言われても……」

「あっ、じゃああれだ、好きな花は？」

「…………薔薇《ばら》、とか？」

「ふんふん、なるほど、薔薇ね、オッケー！」

（……嶋田先輩は何がしたいんだろう？）

聞きたいことを聞き終えたのか、『ありがと、参考になった！　期待しててねっ』と去って行った柊二の後ろ姿を見ながら美空は考える。

美空の好みなんかを聞いて、いったい何の参考にする気なのか。

（さっぱり分かんないんだけど……）

「――見てたよ～、美空ちゃ～ん」

「！」

うふふふふふふ、と、怪《あや》しい笑いとともに近づいてきたのは桃井萌だ。

「最近、嶋田先輩の質問にちゃんと答えはじめたみたいだね？　最初はかなり冷たかったのに、どういう心境の変化なの？」

ぐいぐいと腕《うで》を押しつけてくる萌に、美空は困ったように眉《まゆ》を下げる。

「どういうって言うか……何度も来られると、追いかえすより答えちゃったほうが早い気もするし……」

「あ〜、追いかえされてしょんぼりしてる嶋田先輩、ちょっとかわいそうだったもんね！」

「…………」

どうやら、萌には美空が同情や罪悪感から柊二に向き合いはじめたことがばれているらしい。

「それで、実際に嶋田先輩と喋《しゃべ》ってみてどう？」

「どうって——……」

好奇心《こうきしん》がきらめく萌の瞳《ひとみ》に見つめられ、美空は言葉を探す。

(嶋田先輩は……)

少ししか喋っていないけれど、それでも分かったことがある。

なめらかではない美空の回答を、柊二はずっと笑顔《えがお》で待っていてくれる。

美空がどんなに無愛想《ぶあいそう》なことを言っても、柊二はにこにこと返事をしてくれる。

(まるで、本当に私に興味があるみたいに)

そして……ふいに、美空を誉《ほ》める。

『——かわいい』

「…………っ」

思い出しただけで顔が熱くなって、美空は黙《だま》り込んでしまう。

萌が何もかも分かったように、にやにや顔で「ふーん」と言った。

「まぁ思った以上に美空ちゃんと嶋田先輩って合ってるみたいだよね」

「合ってる？」

萌の評価に美空が驚《おどろ》く。

萌が「違《ちが》う？」と肩《かた》をすくめた。

「だって見てると美空ちゃん、すごく話しやすそうにしてるんだもの。クラスの他の男子とあんな風に喋ってるとこ、見たことないよ～？」

「そ、そう言われてみると……」

(たしかに、そうかも)

なんだかんだ言って、父や従兄《いとこ》の海音以外の異性とこんなに長く話すのは柊二が初めてだ。

「……嶋田先輩が何言っても返してくれるからかな？」

美空の言葉に、萌がなるほど、と納得《なっとく》する。

「嶋田先輩って会話が上手《うま》そうだもんね！　女子にもてるのも分かる～」

「うん……」

（そっか、ああいう人を会話が上手いって言うんだ）

考えてみれば萌と話せるようになったのも柊二がきっかけだ。

（嶋田先輩は何考えてるのか謎《なぞ》だし、ちょっと変な人だけど……）

だけど、と美空は思う。

（――――嫌いじゃ、ない）

最初は苦手だったはずなのに、いつの間にか柊二に対してそんな風に思うようになっていた。

2-3 五月七日 夢

「じゃあ萌ちゃん、行ってくるね」

「うん、嶋田先輩が来たら職員室に行ったって伝えるね～」

「……いい加減、もう飽《あ》きたと思うよ？」

「そうかな～？　まあ大変そうなのは分かるけど、私は見てて面白《おもしろ》いほうがいいかな！」

楽しいことを心待ちにする萌に苦笑《くしょう》を返して、美空は一Ａの教室を出る。

ゴールデンウィークが明けた五月七日の木曜日。

美空は昼休み、担任に言われていた弁論大会の原稿《げんこう》を届けようと職員室を目指していた。

（嶋田先輩が私に質問してくる理由なんて、『聞きたいから』とかいう謎の理由だもん。完全に気まぐれだよね。そう長く続くとは思えない――）

「――あれっ、美空ちゃん？」

階段の踊《おど》り場で。中低音の甘い声が降ってきた。


「嶋田先輩……！」

いつもと同じく、雑誌から抜《ぬ》け出してきたような格好いい姿の柊二が、美空を見つけて嬉《うれ》しそうに近づいてくる。

「ちょうど美空ちゃんの教室に行くところだったんだ！　すれ違わなくて良かったー」

「ま、まだ来る気だったんですか？」

「うん、だってまだまだ美空ちゃんに聞きたいことあるし」

当たり前でしょ、みたいな顔をされ、美空は返事に困ってしまう。

(私と話してもたいして面白くないと思うけど……)

美空は柊二の好きな音楽の話もできないし、柊二が得意なサッカーだって観《み》に行かないし、柊二が着ているような服を買いに行くこともない。

(話してて苦痛じゃない男の人なんて、お父さんや海音お兄ちゃん以外は嶋田先輩《せんぱい》が初めてだけど、話せば話すほど嶋田先輩と共通点が無いって分かるもん……!)


しかし柊二はいつだって楽しげで、今もにこにこと美空に問いかける。

「今からどこか行くの? 俺も一緒《いっしょ》に行っていい? その手に持ってるのは?」

「い、今から職員室に行くところで……。……これは、その、将来の夢、です」

「将来の夢?」

美空の言葉に、柊二が驚いたように目を見開いた。

「そういえば美空ちゃんの将来の夢って聞いたことなかったけど、何? 勉強が好きなら、学者とか研究者? それとも弁護士とか?」

柊二の問いに、美空は「いいえ」と首を横に振《ふ》る。

「……裁判官、です」

「裁判官――」

柊二が美空の言葉をくりかえす。

美空が「はい」と、わずかに頬《ほお》を赤く染めてうなずいた。

きっぱりとした声で、告げる。

（これだけは、自信を持って言える）

「私、裁判官になるのが夢なんです」

「もしかして美空ちゃんが勉強してるのって、そのため？　六法全書を持ち歩いてるのも？」

柊二に指をさされて、美空はたしかに今も六法全書を持っていた自分に気付く。

そういえば校内で六法全書を持ち歩くのはすっかり癖《くせ》になっていた。

（六法全書は海音お兄ちゃんにもらったから、お守り気分だったけど……まぁ、だいたいはそんな感じだよね）

自分で自分に納得し、美空はうなずいてみせた。

「そう、ですね。六法全書は判例集を読む時なんかにも必要になりますし」

「今からそんなこと勉強してるの⁉」

「できることは、すこしでもやっておきたいんです」

「――！」

美空の答えに、柊二が息をのむ気配がある。

「どうして、そこまで……」と、かすれた声で問われた。

(裁判官を目指す理由、か――)

柊二の問いで思い出すのは、小学生のころに海音と一緒に見た映画だ。


当時、高校生だった海音が美空と留守番をするあいだの暇《ひま》つぶしに借りてきたのはアメリカを舞台《ぶたい》にしたラブコメ映画だった。

主人公の男女が勢いで結婚《けっこん》し、すぐに後悔《こうかい》して離婚《りこん》裁判に持ち込む話。

裁判沙汰《ざた》にしたのは、お金が目的だ。

しかし裁判長は二人に〝まず半年間、きちんと夫婦《ふうふ》生活を行いなさい。それでも別れるのならお金は夫のものです〟と判決をくだした。

二人は最初のうちこそ、お互《たが》いを陥《おとしい》れようとするものの、最終的には互いへの愛情に目覚めて妻が〝お金はいらない〟と告訴《こくそ》を取り下げる――……、という筋書きだった。

だが、美空にはこの映画の二人が何を考えているのか、さっぱり分からなかった。

離婚するなら最初から結婚しなければ良いし、最終的にお金もいらないと思うくらいなら裁判なんてしなければいいのに。

ずいぶん無駄《むだ》だし、共感どころか理解できない。

そう言った美空に、海音は『好きだからこそ裁判で争うことをやめたんだよ』と笑った。

そして、こうも言ったのだ。

『裁判は善悪を決めるんじゃなく、その後の生き方に道筋を与《あた》えてくれるものなのかもな』

『道筋……？』

『うん。つらい思い出に終わりをくれたり、後悔にけじめをつけさせてくれたり。大変なことも多いだろうけど、それ以上に素敵《すてき》な仕事だなって思うよ』

『海音お兄ちゃんは裁判官になりたいの？』

『弁護士と迷ってるかなぁ。成績次第《しだい》かもね』

苦笑した従兄《いとこ》の言うことがよく分からなくて、美空は『変なの』と首をひねった。

『裁判官はたしかにかっこいいけど、それは白黒はっきりつけて悪い人に罰《ばつ》を与えられるからだよ！　私なら、そんな裁判官になりたい』

事実、映画のなかの女性裁判官は主人公二人に毅然《きぜん》とした態度をつらぬいている姿がひどく格好よく見えたのだ。

海音は美空の言葉に、今度は苦笑ではなくやわらかい笑《え》みを返した。

『正義の鉄槌《てっつい》か、それも一つの意見だね。うん、かっこいいと思うよ――』

(――……あれが、裁判官を目指すきっかけだったんだよね)

結局、海音は弁護士になったが、美空の夢は裁判官のままだ。

罪を見極《みきわ》め、罰を与える裁判官の公正さに憧《あこが》れている。

(あの映画の主人公たちの気持ちは、まだ分かんないけど……)

本当はこのままでは裁判官になんてなれないのだろうと思う。

人の気持ちが分からない人間では、情状酌量《しゃくりょう》だって判断できないのだから。

(だから、せめて判例を研究したくて読んでるんだけど、なんか違《ちが》うよね。やっぱり、もっと人付き合いをしていかなきゃ――）

「――美空ちゃん？」

「！」


名前を呼ばれ、美空はハッと向きなおる。

見れば、柊二が心配そうに美空を見つめていた。

「あ、あの」

「ごめん、急に考えこんだみたいだったから。……裁判官になりたい理由、聞いちゃだめな感じだった？」

だとしたら申し訳なかった、と柊二が不安げにする。

（嶋田先輩は人の気持ちを思いやれる人なのかもな）

ふと、美空はそんな風に思う。

質問されるのが嫌《いや》な人もいることを、柊二はちゃんと理解しているのだろう。

だから美空は「そんなことはありません」とやんわり否定する。

「裁判官になりたい理由は、ここに書いてますから、きっと嶋田先輩も知ることになると思います」

弁論大会の原稿《げんこう》を指さすと、柊二は気が抜《ぬ》けたように「そう」と息を吐《は》いた。

「でも……なんか、いろいろ考えてるんだね」

「え？」

柊二の言葉に、美空が首を傾《かし》げる。

柊二が美空を見ながら、まぶしげに眼《め》を細めた。

「――……最初に見た時さ、すごい真剣《しんけん》な姿に惹《ひ》かれたんだよね」

「！」

「なんていうのかな。まっすぐで、ひたむきで、凛《りん》としてて。美空ちゃんの周りだけ空気が違ってて。……俺にはないもの、全部持ってるみたいに見えた」

「そんな――」

夢を見るような柊二の口ぶりに、美空は戸惑《とまど》ってしまう。

柊二がさらに続けた。

「実際に声をかけたら、やっぱりこの子は俺の周りにいる子とは違う、って確信した」

「………」

それは自分だっておなじだ、と美空は心の中で思う。

（私の周りにだって、嶋田先輩《せんぱい》みたいな人はいなかったもの）

ふたつの階段が合流する踊《おど》り場は広く、昼休みだけあって人通りも多い。

生徒も教師も、多くの人達が行き来するなかで、柊二はそれらを一つも気にせずに語る。

「あんな風に拒絶《きょぜつ》されたの初めてだったんだ。珍《めずら》しいだけじゃなくて、面白《おもしろ》くて、興味が湧《わ》いて、話してみて、でも話しても話しても足りなくて――」

（な、なんだかすごく恥《は》ずかしいことを言われてる気がする！）

美空の顔に血が集まる。

だけど柊二は美空の様子になんて気付く気配もない。

ただ、ひたすらにまぶしそうに美空を見つめていた。

「どうして美空ちゃんが特別に思えたのか、分かった気がする。……多分、俺と違って夢に向かって努力してるから」

「え――？」

「君が」

柊二が、あざやかに微笑《ほほえ》む。

「――君が、かわいくて、かっこいいから」

(か、かっこいい⁉　何を――)

カッと美空の顔が赤くなる。

柊二が、いつものようなにこにこと気の抜けた笑顔に戻《もど》った。

「あはは、語っちゃって俺って恥ずかしーね。ごめん」

「……っ」

そんなことはないです、とも、その通りです、とも言えなくて、美空は黙《だま》ってしまう。

代わりに、質問が美空の口からでてきた。

「せ、先輩は、夢とかないんですか⁉」

(聞けた――!)

初めて、美空から柊二に質問した。

これまではずっと、柊二に聞かれるばかりだったのに。

美空の質問に、柊二は驚《おどろ》いたような顔をしてから「えー、あー、うーん」となりはじめた。

「あの、どうしたんですか?」

「いや、なんていうか……」

柊二が困った顔で笑う。

「——……俺には、美空ちゃんみたいな夢とか熱い想《おも》いとかないからさー」

だからこそ美空ちゃんがかっこいいって思うんだ、と柊二がつぶやく。

「でも、バンド活動は……」

「んー、音楽で生きていくのって厳しいじゃん？　そこまで好きなのかって聞かれると、分かんないって感じだし……」

へへ、と笑う柊二の赤い髪《かみ》がひとふさ揺《ゆ》れる。

「ふらふらヘラヘラして、俺ってかっこわるいよね」

「……………」

（そんなこと言われても、私には分かんない）

萌や海音だったら、ここで「そんなことない」とか「良《い》いところがある」とか言えるのかもしれないけど、美空は無責任なことなんて言えない。

だから、黙っているしかできなくて。

柊二がもう一度、まぶしそうに笑った。

「だから、美空ちゃんに憧《あこが》れるよ」

（そんなこと言われても、どうすればいいのか分かんないよ……！）

小さな声は、ひどく熱っぽく聞こえた。

(憧れなんて、そんな——……)

「——長話しちゃってごめん！　職員室に行くところだったんだよね、一緒《いっしょ》に行こっか！」

美空の思考を、柊二の明るい声がさえぎった。

「！　は、はい」

言われて、美空は本来の自分の用事を思い出す。

「そういえばさ、美空ちゃん、職員室に何の用なの？」

「あ、はい、実は——」

歩き出した柊二に聞かれ、裁判同好会の活動休止の件と、代わりにと押しつけられた弁論大会のことを美空が説明する。

すると、途中《とちゅう》からどんどん柊二の顔が険しくなり、最終的には「なにそれ！」と怒《おこ》りだした。

「し、嶋田先輩？」

「美空ちゃん、そんなの良いように使われすぎ！　担任って誰《だれ》？」

「え、えーと、桐生《きりゅう》先生ですけど——」

「じゃあ俺が桐生先生に交渉《こうしょう》する！」

「…………はい⁉」

「だからさ、裁判官と弁論大会は全然違《ちが》うでしょ、先生！」

ばん！　と柊二が桐生の机を叩《たた》いた。

桐生が「お、おう」と、柊二の勢いに押されたようにうなずく。

「教師たるもの、教え子に見当違いのこと言ってごまかすなんて良くないと思うんっすよね！　教育上良くない‼　そもそも、直前まで弁論大会の出場者が決まってないとか、はっきり言って先生の責任なんじゃないんですか？　その責任を葉常さんにとらせておいて何も無しっておかしいでしょ‼」

「いや、でも……」

「やりたくもない弁論大会に出させられるなら、葉常さんにも利益がないと！」

「り、利益？」

「そう、利益！――――たとえば、裁判同好会の復活とかね‼」

（し、嶋田先輩、強い！）

黙って見ている美空はハラハラしっぱなしだが、柊二は全く平気そうだ。

実際、今にも片目を瞑《つぶ》りそうなポーズを決めた柊二の勢いに、桐生は完全に飲まれていた。

「だが、同好会は部員が五人は必要で、顧問《こもん》の教師も……」

「顧問は桐生先生でいいでしょ？　葉常さんを苛《いじ》めた罰《ばつ》！」

「い、苛め!?　人聞きの悪いことを言うなっ」

焦《あせ》る桐生に、柊二は人の悪い笑《え》みを向ける。

「苛めじゃないなら顧問くらいＯＫしても良いじゃないっすか。……ね？」

「嶋田、お前な……」

にんまりとした柊二の笑みを桐生がにらむが、柊二には全く効かない。

「いろんなクラブがあるのが歌楽坂の魅力《みりょく》、でしょ？」

「…………」

柊二に笑顔で言われ、桐生が深いため息を吐《つ》いた。

やがて、書類棚《だな》から一枚の紙を取りだし、さらさらと何かを書いて判を押す。

「――ほら。裁判同好会、活動許可証」

「!!」

桐生から美空に渡《わた》されたのは一枚の紙。

けれどそこにはたしかに、〝裁判同好会・活動許可証〟と書かれている。

顧問の欄《らん》には桐生の名が書かれていた。

「桐生先生――」

どきどきとする胸を押さえて美空が見上げると、桐生が苦笑《くしょう》を返す。

「ここまで粘《ねば》られると仕方ないからな。ただし、一か月経《た》っても部員が五人集まらなかったら、その時点で休部にするぞ」

「は、はい、ありがとうございます――!!」

⚖　♥　⚖　♥　⚖

「まさか裁判同好会を復活できるなんて、想像もしませんでした……！」

残り少ない昼休みの時間、桐生に「この空き教室なら使っても良い」と言われた場所を見るため美空と柊二は旧校舎に来ていた。

廊下《ろうか》を歩きながら、いまだに信じられない気持ちで言う美空に、柊二が呆《あき》れたようにツッコミをいれる。

「いや、それくらいしてもらわなきゃもったいないじゃん！　弁論大会なんて普通《ふつう》に考えて面《めん》倒《どう》だろうしさ」

「面倒っていうか、あの、皆《みんな》の前で喋《しゃべ》るなんて考えただけで緊張《きんちょう》しますし、怖《こわ》くて」

「あー、なるほど、それもそうだよね。俺はライブとかで慣れてるけど、そんな機会無いもんね」

「そうですね――……」

がらりと扉《とびら》を開けると、教室の中には机と椅子《いす》が適当に集められていた。

雨の日などに卓球《たっきゅう》部やサッカー部が室内練習に使っているというのは本当のようで、そこまで古びた感じはしない。

生徒会室や放送部室、書道室などがある旧校舎に人の姿は無く、遠くのほうから生徒達の騒《さわ》がしい声が聞こえてきていた。

「……部員を五人、私が一人目としてあと四人集めないと、ここを裁判同好会の部室にできないんですよね」

（そもそも、四人集めないと活動自体できない――）

だけど、美空に部員が集められるのだろうか？

不安になった次の瞬間《しゅんかん》。

「大丈夫《だいじょうぶ》大丈夫！　まず、俺が部員二人目ね」

「え――」

柊二の言葉に、美空が勢いよく振《ふ》り向く。

赤い前髪《まえがみ》をゆらして、柊二が晴れやかに笑った。

「他《ほか》の三人も、一緒に集めよ？　俺、頑張《がんば》るからさ！」


「どうして――……」

美空が目を大きく見開く。

（嶋田先輩《せんぱい》は、別に裁判になんか興味ないはずなのに）

最初のころに柊二が自己紹介《しょうかい》した内容を、美空は覚えている。

『あ、俺は身長百七十六cm、好きなスポーツはサッカー、誕生日は十月一日生まれの天秤座《てんびんざ》、血液型はO。趣味《しゅみ》はバンド活動ね』

（サッカーもバンド活動も全く関《かか》わりない。嶋田先輩が好きそうなお洒落《しゃれ》なものでもないのに、どうして――）

美空の問いに、柊二の目線がふいに真剣《しんけん》になった。

「――……君の、強い意志とか夢とかに憧《あこが》れてるから」

「！」

「頑張ってる美空ちゃんを応援《おうえん》したいし、そばで見たいんだ。……尊敬してるから」

憧れ。尊敬。その言葉に、美空が息をのむ。

すぐに柊二はいつものにこにことした笑顔に戻《もど》って「まぁ美空ちゃんと一緒《いっしょ》にいたいしね」と言ったが、美空の心には先ほどの言葉が突《つ》き刺《さ》さる。

（――……逆だ）

きゅ、と美空は唇《くちびる》を噛《か》んだ。

そして見上げる。

すぐそばにある、柊二の顔を。

「尊敬してるのは、私です――！」

「……へ？」

驚《おどろ》いた顔の柊二に、美空は言いつのる。

「さっき、先生の前では言えなかったけど――……すごいな、って思ったんです。嶋田先輩が居なかったら、先生相手に交渉《こうしょう》なんて考えもつかなかったし、考えついてもできなかった」

「それは――」

「そのうえ、同好会の部員になって、部員集めまで手伝おうとしてくれるなんて――……」

美空の瞳《ひとみ》が、柊二を見つめる。

「……ありがとうございます……！」

「え……!?」

固まっている柊二に、美空は深々と頭を下げる。

(良かった、言えた――)

ずっと言いたかったのだ。

柊二が『良《い》いように使われすぎ！』と怒《おこ》ってくれた時も、教師に交渉をしてくれた時も、部員になると言ってくれた時も。

(最初のころは、変な先輩としか思わなかったのに)

いつのまにか、美空にとって柊二は〝良い人〟になっていた。

(……嶋田先輩が優《やさ》しくしてくれるから)

だけど、と、美空は思う。

(優しくて――嬉《うれ》しい)


顔を上げて、もう一度、柊二を見る。

最初に見た時は軽そうとしか思わなかったけど、優しくて頼《たよ》れるところもあるのだと知った。

そんな彼が、美空の言葉に目を丸くしているのを見て、なおさら胸のあたりが温かくなる。

「――……ありがとうございます」

もう一度、伝える。

言葉と共に、美空の顔に自然と笑《え》みが浮《う》かんだ。


直後。

「―――――!!」

柊二が顔を真っ赤にして、口元を押さえた。

「……嶋田先輩？」

どうしたんだろう、と、美空が柊二の顔をのぞきこもうとする。

だが、その前に。

「み、美空ちゃん！」

「っ！」

柊二の手が、美空の両肩《りょうかた》を摑《つか》んだ。

(な、どうして急に――)

美空が問いかけるより早く、柊二の口が開く。

「――――俺と、付き合ってください!!」

「え？」

美空の体が強張《こわば》る。

（お、お付き合い？　それってどういう意味？？？）

動揺《どうよう》する美空に、柊二が顔を赤くして近づく。

「お付き合い！　交際!!　だめ!?」

「だ、だめって言うか、あの」

「まさか……他に付き合ってる人とか、好きな人がいる!?」

蒼《あお》ざめつつも怒ったような顔で迫《せま》られ、美空は素直《すなお》に「い、いません」と答えてしまう。

柊二があからさまにホッとした顔になった。


「じゃあ、良いよね!?」

「でも」

「人生経験になるよ!?」

「ええ!?」

「変なことはしないって約束するから！」

「だけど――」

「――お試《ため》しでいいから、お願い……っ」

（お、お試し――？）

がばっ、と頭を下げられ、美空は硬直《こうちょく》してしまう。

おそるおそる、柊二に声をかけた。

「それって……その、仮釈放《かりしゃくほう》、的な？」

「仮釈放？」

美空の言葉に、柊二が眉《まゆ》を寄せる。

仮釈放について美空が説明した。

「本当はまだ刑務所《けいむしょ》にいなきゃいけない人が、仮に出してもらえる制度です。いろいろ条件はありますけど……なにより、一度問題を起こせばすぐに釈放は解消、刑務所に戻《もど》されます」

「……その仮釈放的な、仮交際ならオーケーってこと？」

きらり、と、柊二の目が光った気がした。

「それは――」

「仮でいいから、付き合ってください!!」

美空が言い終わる前に、畳《たた》み掛《か》けるように柊二が迫る。

（交際って、本当に交際？　私と、嶋田先輩《せんぱい》が!?　そんなの信じられない）

（だって、嶋田先輩は特別な子は作らないって話なのに）

（私たち、知りあって間もないのに）

（これは――――気まぐれ？）


いろいろな考えが美空の頭をめぐる。

だけど。

「――――お願い!!」

柊二に、必死な顔で懇願《こんがん》され。


（…………こ、断りづらい…………！）

これまで柊二には強気な態度で出ることができていた美空だけれど、なぜか今回は断ることができなかった。

（もともと、やっぱり断ることが苦手だから？　それとも、嶋田先輩が真剣《しんけん》すぎて？）
美空には自分の気持ちが分からない。
ただ、『嫌《いや》です』という言葉が言えなくて。
気付けば、美空はちいさくうなずいていた。

「本当!?　美空ちゃん、ありがとう――……！」

柊二が赤い顔に満面の笑《え》みを浮かべる。
その表情が、本当に本当に嬉《うれ》しそうで。

「…………！」

美空の顔まで、赤くなる。
鼓動《こどう》が速くなる。
ちょうどその時、まるで二人を祝福する鐘《かね》のように予鈴《よれい》が鳴り響《ひび》いた。
（どうしよう、今さらどきどきしてきちゃった……！）

初めて友達ができた数日後、美空には生まれて初めての彼氏（仮）ができた。

（初めて美空ちゃんの笑顔見た……！）

本鈴《ほんれい》が鳴る前に、〝仮交際〟の相手として連絡先《れんらく》を交換《こうかん》した後、柊二は自分の教室に帰りながら旧校舎でのことを思い出す。

弁論大会出場の代わりに裁判同好会を復活させるよう交渉《こうしょう》したのも、裁判同好会の部員になったのも、柊二は単に自分がそうしたかったから、やっただけだ。美空に礼を言われるようなことではない。

（純粋《じゅんすい》に、俺と違《ち》って熱い想《おも》いとか夢とか持ってる美空ちゃんが格好いいなって思って、だからこそその応援《おうえん》をしたくて――）

傍《そば》で見たい。そう思ったから、一緒《いっしょ》に頑張《がんば》ろう、と言ったのだ。

だが、「ありがとうございます」と言う美空の笑顔を見た途端《とたん》、止まれなくなった。

（もっと、あの笑顔が見たいって思ったんだよな）

思った直後、告白していた。

考える時間なんて無く、反射みたいな勢いだった。

(恋愛《れんあい》も告白も初めてすぎて、すげー難しい)

必死すぎて恥《は》ずかしいくらいだ。

(でも――)

美空の赤くなった顔を思い出しながら、柊二は拳《こぶし》を握《にぎ》りしめる。

(――好きなんだから、しょうがないよな)

必死になるのも、仕方ない。

むしろ、自分のなかにこんなにも熱くなれる心があったことに驚《おどろ》いている。

(美空ちゃんといると、なんか自分が子供になったみたいだ)

照れくさいような、くすぐったいような感覚におそわれ、柊二はそっと微笑《ほほえ》んだ。

階段を上ろうとした、その時。


「――ねぇ柊二、最近一年の女子に迫《せま》ってるって噂《うわさ》だけど本当なの?」

「うちの部の後輩が教えてくれたんだけど」

柊二に声をかけてきたのは、柊二のファンを自称《じしょう》する三年の女子たちだ。

「へ? ああ、よく知ってるっすね、先輩たち」

たじろいだ柊二に、巻き髪《がみ》の女子がつっかかる。

「まさか、本気で好きとか言わないわよね？」

「えー……？」

（これ、へたなこと言ったら絶対美空ちゃんに迷惑《めいわく》かかっちゃうやつだよな）

嫉妬《しっと》と疑惑《ぎわく》とをまなざしに込めて向けてくる先輩に、柊二はいつものとおりへらへらとした笑みを返す。

「……実は俺、ちょっと最近、勉強したいって思ってんですよね。ほら、進路とかもあるし、法学部とか目指したいな、って」

「法学部――!?　そんな、音楽やめちゃうの？」

「バンドは高校までかな、って。……先輩たちも受験でしょ。頑張ってね」

にこりと笑うと、女子の何人かが失望したような目を向けてくる。

中には受験という単語に焦《あせ》った様子の者達もいて、柊二は内心で（よしよし）とうなずいた。

（本当のこと言ったら、絶対美空ちゃんが苛《いじ》められるもんな。適当に流すのが一番）

やっぱり自分は美空と違って、物語のヒーローみたいに熱くなれないタイプだな、と思いながら、柊二は冷静に「それじゃー」と笑顔を向けて去って行く。

（なにより……怖《こわ》いし）

「…………」

女子のうち一人が思いつめた顔をしていることには、最後まで気付かなかった。

第3章

3-1 五月七日 一緒《いっしょ》

「仮交際⁉」

「も、萌ちゃん、声が大きい！」

昼休みが終わる寸前で教室に戻《もど》ってきた美空は、萌に「顔が赤いよ〜？」とニヤニヤしながら寄ってこられ、仕方なく全部話してしまった。

ただし五時間目の授業中である。

小声とはいえ二人が会話していることは明らかで、数学教師の目線が二人に突《つ》き刺《さ》さった。

学級委員長の夏木が、眼鏡をいじりながら美空をにらむ。

「……私語は禁止だ」

「ご、ごめんなさい」

（まさか私が授業中の私語で怒《おこ》られることがあるなんて……）

ある意味これも初めての経験で、美空は複雑な気持ちだ。

萌も夏木に「ごめんね」と謝ると、夏木が「！　だ、大丈夫《だいじょうぶ》だ」と顔をそむけた。

（あれ？　夏木君、私に対する態度と萌ちゃんに対する態度と、違《ちが》う）

ふと気づくが、すぐに後ろの席の萌から渡《わた》された筆談メッセージに意識がうつった。

ノートの切れ端《はし》に書かれたのは、〝あとでくわしくきくから！〟という走り書きだ。

ひらがなばかりのメモに美空は（慌《あわ》てすぎだよ）と少し微笑《ほほえ》んで、おなじようにノートの端に〝ＯＫ〟と書いて萌に見せた。

（なんだか胸が温かくてどきどきするのは嶋田先輩《せんぱい》のせい？　それとも初めての経験に？）

自分自身でも分からなくて、でもとにかく落ち着かなくて、美空は教科書に顔をうずめた。


五時間目と六時間目のあいだの休み時間、美空は初めてケータイに家族や海音以外からのメッセージを受信した。

相手は彼氏(仮)の柊二だ。

『帰り、一緒に帰ろ！』と来たメッセージを見ていると、萌に「また顔がゆるんでる〜」とからかわれる。

「ゆるんでるなんて、そんなこと」

「あるの！　自分で気付いてないだけ〜。——どうせ相手、嶋田先輩なんでしょ？　なんの用？」

「……。帰り、一緒に帰ろう、って」

お見通しすぎる萌に、なんとなく口を尖《とが》らせながら美空が答える。

すると、萌が「今日はだめ！」と断言した。

「今日は美空ちゃんは私と帰るから！……詳《くわ》しく、いろいろ聞かせてもらうからね？」

萌の好奇心旺盛《こうきしんおうせい》な目がきらきらと輝《かがや》く。

しかし、美空はそれどころではない。

（私と萌ちゃんが一緒に帰る——？）

驚《おどろ》いていると、萌が焦《あせ》った顔をした。

「えっ、嫌《いや》？　だめ？」

「う、ううん、そんなことない！　あの、良かったら一緒に帰ろう——⁉」

慌てて首を横に振《ふ》り、必死になって美空が言う。

とたん、萌がころころと笑いはじめた。

「美空ちゃん、友達になろうって話した時もそんな風だったよね！」

（そういえば、そうかも）
やっぱり美空ちゃんって楽しいね、と笑う萌に赤面しながら、美空は柊二に返信する。
『今日の放課後は、萌ちゃんと帰ります』
送信後、すぐに柊二から返信があって。
『じゃあ明日《あした》の朝、一緒に登校しよ？』
『できれば、これから毎日』
『行きと帰り、どっちも！』
連続で送られてくるメッセージに、美空はつい微笑んでしまう。
（私が返信する前にどんどん送ってくるとか、嶋田先輩らしいんだから）
萌のからかうような視線を感じながらも、急いで返信した。
『はい』
短く、けれど素早《すば》《や》い美空のメッセージに、数秒もしないうちに返信が来る。

『ありがとう！　楽しみ!!』

（楽しみ、って……そんな風に言われると照れちゃうよ……！）

短文だけど速い返信が柊二の喜びを表しているような気がして気恥《きは》ずかしくて、美空はそっとケータイをいじる。

数日前に従兄《いとこ》の海音から来ていたメッセージが目に入った。

『美空、歌楽坂の生活はどう？　楽しい？　困ってることない？』

（困ってること、か）

美空の現状は困っていると言えなくもない。だけど――。

（えっと――……『いろいろ初めてのことばっかりだけど、楽しんでるよ』――送信！）

従兄を安心させる言葉を送信したあと、少し考えてから、美空はもう一行、付け足した。

『あと、彼氏ができたの。お母さんたちには秘密にしてね』――と。

裁判同好会の復活、初めての彼氏、初めての友達との下校。

いろいろありすぎて、今夜はゆっくり眠《ねむ》れる気がしなかった。


その日から、本格的に美空と柊二との仮交際がはじまった。

3-2 五月八日　浮気《うわき》？

最寄《もよ》り駅から歌楽坂高校まで、十五分間の徒歩区間。

昨日、萌と歩いた道を今日は柊二と二人で歩くため、駅の改札で待ち合わせをしている。

（ついこの間まで、行きも帰りも一人ぼっちだったのに）

電車の中で周りを見て美空は思う。

登下校の時だけでなく、休み時間も放課後も、美空はたいてい一人だった。

用事があればクラスメイトと話すこともあるけれど、特別親しい友達なんて人はいなくて。

ましてや恋愛《れんあい》やクラブなんて、遠い存在だと思っていた。

（なのに――）

美空の持つ鞄《かばん》のなかには〝裁判同好会〟の書類が入っていて、美空自身は今、皆《みな》とおなじように待ち合わせをしている。しかも相手は彼氏（仮）だ。

（考えれば考えるほど、胸がどきどきしてきちゃう！）

こんな気持ちは初めてだ。

（楽しいような、不安なような、こんな気持ち――）


（仮だけど……彼氏、なんだよね？　それにしても、仮交際ってどういうことだろう）

『お試《ため》しでいいから』と言ったのは柊二だ。

（仮釈放《かりしゃくほう》と同じってことは、問題が起これば釈放が中止になるみたいに、問題が起これば交際は中止ってことだよね）

電車を降りると、ホームから改札までをたくさんの生徒や教師が通っていく。

柊二のように、華《はな》やかな完全私服の生徒。

萌のように、スカートなど一部だけ制服を取り入れた半私服の生徒。

そして美空のように完全制服の生徒。

たいてい、グループごとに服装は似通っている。

完全私服の生徒と完全制服の生徒が並んでいることなど、滅多《めった》にない。

（……やっぱり、私と嶋田先輩《せんぱい》とが付き合うなんて信じられない。嶋田先輩は一体、どういうつもりなんだろう――――）

思いながらも柊二と待ち合わせている改札まで来た美空の日に、二つの影《かげ》がとびこんできた。

「……から、ちょっとは誉《ほ》めてくれないの？」

「はいはい、綺麗《きれい》綺麗。これでいい？」

一部だけ赤く染めた髪《かみ》に、何を着ても様になる均整のとれた身体《からだ》の青年。

その隣《となり》に立つのは、ハニーブロンドの長い髪と甘い目元が印象的な長身の美女。

（……え？）

ハニーブロンドの女性は、髪色に負けないくらい華やかな顔立ちをしていて、二人がそろっているると雑誌の撮影《さつえい》か何かのように見える。

（嶋田先輩と、あれは――）

まさか、と、美空は思う。

(――――彼女?)

(本当はお似合いの彼女がいるから、私とは〝仮〟交際にした、とか……?)

それならばむしろ納得《なっとく》がいく。

そんな気持ちで、美空は二人を眺《なが》めた。

(だって私と違《ちが》って雰囲気《ふんいき》も服の趣味《しゅみ》も似てるし、並んでいるのがすごくしっくりくる)

隣にいるのが当たり前、みたいな様子だ。

(そうだ、冷静に考えて私と嶋田先輩がお付き合いなんて、やっぱり変だったんだ――)

「美空ちゃん⁉」

柊二が焦《あせ》った声を出した。

それに対し、美空は無感動な声で「嶋田先輩、おはようございます」と答える。

さっきまでの楽しいような不安なような気持ちは完全に消えていた。

胸に残るのは〝やっぱり〟という言葉だけだ。

「ち、違うからね!? 誤解しないで!」

挨拶《あいさつ》より先に、柊二が訴《うった》えてくる。

「……何がですか?」

冷ややかな声で美空が尋《たず》ねると、柊二は声を大きくして宣言した。


「――これ、俺の姉貴だから!!」


(え……っ)

柊二の言葉に、美空は弾《はじ》かれたように隣の美女を見る。

背が高く、均整のとれたプロポーション。印象的な甘い目元。柊二の隣が似合う女性。

(言われてみれば、嶋田先輩と似てる……!?)

美女がにっこりと微笑《ほほえ》んだ。

「はじめまして、柊二の姉の嶋田咲《さき》です。あなたが柊二の彼女の美空ちゃん?」

「……!?」

いきなり名前を当てられ、美空が息をのむ。

柊二が「いい加減にしろよ、姉貴！」と怒《おこ》り出した。

「美空ちゃんにちょっかい出すなって！　そんでもって、邪魔《じゃま》!!」

「え〜、いいじゃない、あたしだって美空ちゃんに会ってみたかったんだもん」

「いいから、早く大学行けよな。新しい服を彼氏に見せるんだろ」

吐《は》き捨てるように柊二が言うと、柊二の姉、咲が「そうだった！」と焦りだす。

「あんたと喋《しゃべ》ってる時間なんて無いわ。彼って真面目《まじめ》だから早い時間に来るのよね！　じゃあ頑張《がんば》りなさいねー！　美空ちゃん、うちの弟、馬鹿《ばか》だけどよろしくね」

「え？　あ、あの、はい？」

勝手にまくしたて、咲はあっという間に歌楽坂高校と反対方面に歩いていってしまう。

柊二が疲《つか》れきったため息を吐《つ》いた。


「さわがせてごめんね、美空ちゃん。うちの姉貴、近くの大学に通ってるんだけど、今日は用事があって早く来たんだよ」

「そうだったんですか……」

「ご、誤解しないでね!?　俺の彼女は美空ちゃんだけだから！」

「はあ」

美空がうなずいた後も、柊二は「よく漫画《まんが》とかであるじゃん⁉　妹とかと一緒《いっしょ》にいるところを浮気《うわき》って誤解されて振《ふ》られるとかさ……！　でも姉貴だからっ」と必死で弁解している。

言われてみれば、たしかに外見だけでなく、あの強引《ごういん》でノーと言わせない迫力《はくりょく》も柊二によく似ている。

（…………なんだ）

心配して損した、と、美空は柊二に気付かれないよう息を吐く。

（てっきり、嶋田先輩《せんぱい》の本当の彼女だと思ったのに）

違ったのだと分かり、すっかり冷たくなっていた美空の胸に温《ぬく》もりが戻《もど》ってくる。

一瞬《いっしゅん》で消えたはずのどきどきは、さっきよりもあふれているくらいだ。

柊二がはらはらした顔で、美空の顔色をうかがってきた。

「美空ちゃん、ごめんね、姉貴が変なこと言って……」

「……いいえ。それよりお待たせして済みませんでした。行きましょう？」

「！」

美空がうながすと、柊二がなぜか驚《おどろ》いた顔をした。

（なんだろう？　変な嶋田先輩。よく分からないけど……まぁいいよね）

美空は気にせず、足を進める。

（……なーんだ、心配して損しちゃった……！）

気付かないうちに、美空の顔には笑みが浮《う》かんでいた。


「くそっ、かわいすぎだろ……！」

柊二の小声の叫《さけ》びは、気分良く歩く美空の耳には届かなかった。

代わりに、「あ、あのさ！」と、妙《みょう》に気合いの入った声が美空にかけられる。

「……はい？」

不審《ふしん》に思って美空が隣《となり》を見れば、柊二が決心したような顔をしていた。

（いったい、何を――）

「明日《あした》、俺とどっか行かない!?」

「――――！」

明日は土曜日。

付き合いたての彼氏である柊二から美空へ、初めてのデートの誘《さそ》いだった。

3-3 五月九日 デート

（こ、この服で変じゃないかな……）

待ち合わせ場所に着くまでの間、店のガラスなどに映った自分を見ながら美空は何度も考える。

（着ていく服が無い！）と美空が焦ったのは昨日の深夜のことだった。

とっさに相談しようと思った相手は、いつも柊二とのことを話している萌だ。

（……でも、いくらなんでも遅《おそ》い時間すぎたもんね。無理無理）

かといって休日の朝から連絡《れんらく》なんかして嫌《きら》われるのも怖《こわ》くて、結局相談できなかったのだ。

次に思いうかんだのは、いつも何でも相談に乗ってくれる従兄《いとこ》の海音だ。

だが、彼氏ができた、というメッセージに対して『大丈夫《だいじょうぶ》？　なんなら俺が相手の男に会ってみようか』と言ってきた海音にデートなんて言うと余計に心配しそうなので、やめておいた。

代わりに六法全書を持っていこうかと少しだけ悩《なや》んで、やめた。

結局、いくつかあるお出かけ着の中から選んできたのだが、はっきりいって美空にはこれで正しかったのか自信が無い。

（だって嶋田先輩はいつもやたらとお洒落《しゃれ》だし……）

「――――あ、美空ちゃん！」

「!!」


甘い声に顔を上げれば、待ち合わせ場所のあたりから走って近づいてくる柊二の姿があった。

「も、もしかしてお待たせしちゃいましたか？」

「ううん、全然！　俺が早く来すぎちゃっただけだから」

にこにことつも以上に楽しそうに笑う柊二は、やっぱり雑誌モデルのように格好いい。

（学校以外の場所で会うのも初めてで緊張《きんちょう》してるのに、私服なんて恥《は》ずかしすぎるよ……！）

緊張のあまり、美空は足が震《ふる》えてきそうだ。

周りの人たちが皆《みな》、自分と柊二を見ているような気分になってくる。

けれど、柊二は心から嬉《うれ》しそうに微笑《ほほえ》んで美空に言った。

「美空ちゃん、今日の服かわいいね。すごい似合ってる！」

にこにこ、にこにこと、楽しくてたまらないといった様子で柊二が美空を褒《ほ》め称《たた》える。

「制服も真面目《まじめ》な美空ちゃんに似合ってるけど、今日のワンピースも清楚《せいそ》な感じで似合ってるよね！」

「そ、そうですか……!?」

「うん！　なにより――」

柊二が照れくさそうに、美空から視線をそらした。

「――私服の美空ちゃんを見れて、すごい嬉しい。俺、めちゃくちゃどきどきしてるもん」

(な……！)

ささやくように言われた言葉に、美空の体温が上がる。

(どきどきしてるのは私の方だよ……！)

声にならない叫びを上げて、美空は「行こ！」と笑う柊二についていく。


「……あ」

「はい？」

柊二が隣を歩く美空に、何かに気付いたような顔をした。

美空が柊二に「どうしましたか？」とたずねる。

だが、柊二はすぐに笑顔で首を横に振った。

「だ、大丈夫！　俺、ゆっくり大事にするって決めてるから！」

「……？　はい……」

良く分からないまま、美空はとにかくうなずく。

「焦《あせ》るな、俺！」と、柊二がひとりごとをぶつぶつ言っているのが聞こえる。

（嶋田先輩、何がしたいんだろう？　とにかく、はぐれないようにしなきゃ）

人が多い繁華街《はんかがい》。

美空は柊二と離《はな》れないよう、できるかぎり近くを歩く。

「…………」

柊二が何か言いたげに自分の手を見つめ、すぐに視線を前に戻した。

⚖　♥　⚖　♥　⚖

遊びなれていないから柊二に任せる、と美空が昨日言ったからか、柊二は今日の予定を全部、昨日のうちに考えてきてくれた様子だった。

大型雑貨店でうろうろして、美空が文具を見たり、柊二がマッサージ器で遊んだりして。

そこから少し歩いたところにある薔薇園風《ばらえんふう》のカフェに入って、美空を驚かせて。

美空は温かい紅茶とケーキを、柊二はコーヒーを飲んでゆっくりして。

どれも、美空にとっては新鮮《しんせん》で、そのうえ楽しかった。

（……さすが嶋田先輩、こういう華《はな》やかなところで遊びなれてるのかな。私は海音お兄ちゃんくらいしかこういうところに一緒《いっしょ》に来る人はいないけど……）

優雅《ゆうが》な薔薇の香《かお》りを楽しみながら美空は考える。


「楽しい？」

にこにこと柊二に微笑まれ、美空はこくりとうなずく。

「薔薇が綺麗《きれい》だし、楽しいです」

「そっか、美空ちゃんに気に入ってもらえて良かった！」

「……よく来るんですか？」

素直《すなお》に聞いてみれば、柊二は「まさか！」と驚《おどろ》いた顔をする。

「姉貴と千鳥《ちどり》――クラスの友達に聞いたんだよ。薔薇が好きな子で、って説明して」

「！　わざわざ……!?」

ソーサーに置いた拍子《ひょうし》に、白い陶器《とうき》のカップが音を立てる。

柊二が「そりゃあ……」と、目をそらした。

「……初デート、美空ちゃんに楽しんでもらいたいし……俺だって必死になるよ」

「……！」

もぞもぞと小声で言う柊二に、美空は心臓が摑《つか》まれたような気分になる。

（もしかして、嶋田先輩《せんぱい》も今日のためにいろいろ考えてくれたのかな……？）

美空が昨日の深夜も今日の朝も、クローゼットの服を取り出してああでもない、こうでもない、と必死に考えたのと同じように、悩んでくれたんだろうか。

姉やクラスメイトに相談して、必死に考えてくれたんだろうか。

（それは……想像しただけで、なんだか胸が苦しい）

でも、決して嫌《いや》な苦しさではない。

むしろ全身が温かくて、楽しい。

（胸が躍《おど》るって、こういう気分のこと？）

すぐ目の前で、柊二の赤い髪《かみ》がゆれる。

柊二がちらりと美空を見て、恥ずかしそうにつぶやいた。

「なんか……照れくさい、ね」

「そ、そうですね……」

(——やっぱり、嶋田先輩も緊張してくれてるのかも)

いつも私服の柊二は、学校に居る時とたいして変わらないように見えるけど、やっぱり学校の外で会うと何かが違《ちが》う気がした。


「カラオケ、ですか……!?」

カフェを出て、次にどこに行こうかという話になったとき、柊二が提案したのはカラオケだった。

(どうして急にカラオケ？　ひそかに行ったことないのに)

「大丈夫《だいじょうぶ》、俺と一緒だし、それに——」

とまどう美空に、柊二が優《やさ》しい目を向ける。

「——弁論大会、三週間後の五月二十九日だよね？　それまでにマイク使ったり人前で声を出すことに慣れた方がいいかな、って思ってさ」

「そ、それはたしかにそうですけど、でも」

「試《ため》しに一時間だけ、行ってみよ！　ね？」

ほらほら、と笑顔《えがお》で急《せ》かされ、美空は流されるままにチェーンのカラオケ店へと引きずられてしまった。


(カラオケってこんな風になってるんだー……)

狭《せま》い室内に置かれたソファ。テレビの下には大掛《おおが》かりな機械が置いてある。

廊下《ろうか》も室内も、謎《なぞ》の番組の音声が流れていた。

「これ、美空ちゃんの飲み物ね。それとマイク」

「あ、ありがとうございます」

慣れた様子の柊二が受付から飲み物の手配までしてくれたおかげで、美空は完全にされるがままだ。

「とりあえず、さっき聞いたことあるって言ってた曲を入れてくね。あ、隣《となり》座っていい？」

「は、はい」

動揺《どうよう》している美空は、聞かれるままにうなずく。

柊二が少しだけ困った顔で「ほんとにいいのかな……」と、美空の隣に座った。

ソファがかるく音を立てる。

（そういえばカフェで音楽のこと聞かれた！　でも、歌うとか本当に無理なんだけど……！）

おびえる美空の隣で、柊二がリモコンを操作する。

流れてきた音楽はたしかに聞きなじみのあるものだが、それと歌えるかというのは別問題だった。

「あああああの、嶋田先輩！　私、本当に初めてで……っ」


「――――大丈夫」


「！」

中低音の甘い声が間近に聞こえて、美空は声のした方に顔を向ける。

とたん、すぐ隣に柊二がいることにようやく気が付いた。

（な、近――）

学校でも、さっきのカフェでも、美空は柊二とこんな距離《きょり》になったことはない。

（ううん、嶋田先輩どころか、家族ともこんなに近付かない……！）

子供のころなら、両親や従兄《いとこ》に抱《だ》きついたりすることもあったかもしれない。

だけど、美空はもう高校生なのだ。

（こんな、嶋田先輩の顔がすぐ傍《そば》にあるなんて……！）

いつも見ていた甘い目元が、優しく美空に微笑《ほほえ》みかける。

赤く染めた髪がゆれる音まで聞こえてきそうだった。


「し、嶋田先輩……」

「ほら、マイク握《にぎ》ろう？　口に近付け過ぎないようにして——」

柊二の手が、美空にマイクを握らせる。

（嶋田先輩の手、こんなに大きいんだ）

重ねられた手の大きさに、あらためて柊二が〝男〟なのだと意識する。

（……男の人、なんだ）

どきどきが抑《おさ》えられない。

緊張《きんちよう》のあまり、指先がふるえる。

（こんなに緊張してること、気付かれちゃったら恥《は》ずかしい……！）

きっと顔は真っ赤に違いないから、柊二のほうを見ることができない。

「俺も一緒《いっしょ》に歌うから、それなら恥ずかしくないでしょ？　ね」

柊二の甘い声が耳に優しく響《ひび》く。

（恥ずかしいのは、歌うことだけじゃないのに）

「美空ちゃん、ほら、歌って歌って！　それともこの歌、嫌《きら》い？」

マイクごしに柊二が美空を励《はげ》ます。

「そんなことは、ないですけど」と美空が言えば「じゃあ歌うこと！　ね？」とマイクをしっかり持たされた。

（……嶋田先輩《せんぱい》の馬鹿《ばか》）

柊二に言われるまま、なんとか声を出す美空の胸が苦しくなる。

（こんなに緊張してるのは私だけなの？　嶋田先輩は平気なの？）

近づくことで見える柊二の睫毛《まつげ》の長さとか、触《ふ》れられた手の熱さと大きさとか、かすかに香《かお》る柊二のヘアワックスの爽《さわ》やかな匂《にお》いとか、耳をくすぐる吐息《といき》まじりの声とか。

歌いながら、美空が気になるのはそんなことばかりだ。

考えてみれば、閉鎖《へいさ》された空間に二人きりなんてことも初めてで。

（どきどきしすぎて、何も考えられないよ――――！）

もう耐《た》えられなくて、美空は歌のことだけを必死に考えることにした。


立て続けに何曲か一緒に歌ううちに、美空も少しずつ距離に慣れてきた。

柊二のことを考えないようにして、歌うことに集中したおかげかもしれない。

一時間経《た》つころには声を張ることも自然にできるようになっていた。

（嶋田先輩の声が大きいから、それにつられたのかも）

なんとか歌うこと自体をこなせて安心している美空は、柊二がそこまで考えて美空と一緒に歌っていたとは想像もつかない。

「だいぶ声出せるようになったね！」

延長しますか、という電話に「結構です」と断った柊二が、にこにこと美空を振り返った。

「はい、なんとか……」

美空としては、慣れないカラオケだけではなく柊二に与《あた》えられたどきどきで疲《つか》れきってしまった。すぐに、柊二が美空の様子に気付く。

「ごめん、疲れさせちゃったよね。もう良《い》い時間だし、帰ろうか。送るよ」

「え？　でも、嶋田先輩は遊び足りないんじゃ……」

柊二に聞いた話だと、彼はもっと遅《おそ》い時間まで遊んでいるはずだ。

柊二が不思議そうに首をひねった。

「俺は美空ちゃんと出かけられただけで満足だよ？　ほかにやりたいことなんてないし」

「！」

（そ、そんなこと言われたら誤解しちゃう……！）

これではまるで、柊二が本当に美空のことを好きみたいだ。

（――嶋田先輩にとって私は〝彼女(仮)〟でしかないのに）


いつかの萌の言葉を思い出す。


『嶋田先輩は誰《だれ》にでも優《やさ》しいし、いっつもにこにこしてるのに、誰とも特別な関係にはならないことでも有名なんだよね。彼女つくらないっていうか』

（あれは、仮の彼女ならつくるってことだったのかな）

四月に出会って、質問攻《ぜ》めにしてきて、急に〝お試《ため》し交際〟なんかを提案してきた柊二の気持ちは美空には全く分からない。

ただ、初めてのデートの今日、柊二は最初から最後まで美空に優しかった。

「美空ちゃんはせっかく綺麗《きれい》な声してるんだから、活《い》かさなきゃもったいないよ」

自分の家とは路線も住所も全く違《ちが》うというのに柊二は美空を家まで送ってくれ、弁論大会も裁判同好会も頑張《がんば》ろうね、と笑って去って行った。

（嶋田先輩――……）

3-4 五月十一日 裁判同好会

美空が柊二とのことで悩《なや》んでいても、日曜は終わって月曜が来てしまう。

柊二の気持ちが分からなくて悩んでいることなんか見せないようにして、美空は約束通りに朝から柊二と一緒に登校した。

昼休みには裁判同好会の部室として借りた教室を片付けるという美空に、柊二が自分も部員として手伝うと言い出したので、二人で掃除《そうじ》してから急いで昼食をとった。

昼休みが終わる前、柊二が「実はさ」と告げる。

「ほかの部員については、ちょっと心当たりがあるんだよね。だから放課後、迎《むか》えに行くし待ってて」

(心当たり――?)

どんなことだろう、と思いつつ、迎えた放課後。


「すみません、美空ちゃんいます?」と、いつものように柊二が一Aの教室に来て、近くにいた学級委員長の夏木に声をかけた。

ここまではこのところ毎日の光景だが、今日は柊二の隣《となり》に見たことのない男子がいる。

(あれは誰だろう? 嶋田先輩の友達?)

柊二を肘《ひじ》でつついたりして笑い合っている短い髪《かみ》の男子生徒。

「もーやめろよ」と眉《まゆ》を下げる柊二に「ええ~? それくらいいいじゃん」といたずらな笑《え》みを浮《う》かべる様はどこか少年っぽいところがある。

柊二に比べてスポーティな私服もふくめ、爽やかな体育会系の気配だ。

（なんとなくだけど、サッカー部にでもいそうな感じ）

外見だけで美空は勝手にそう思う。

一緒に喋《しゃべ》っていた萌が「嶋田先輩来たみたいだし、私帰るね～」と席を立った。


「――あ、待った、萌ちゃん！」

「はい～？」

柊二に呼び止められ、萌が首をひねる。

同時に、いつものように美空を呼ぼうとしていたらしい夏木も立ちどまった。「萌〝ちゃん〟……!?」と小声で驚《おどろ》いたのが聞こえる。

柊二がそんな夏木を一瞬《いっしゅん》だけ見て、すぐにまた萌に向きなおった。

「実は今日は萌ちゃんにも話があるんだよね！　あ、その前にこいつ、紹介《しょうかい》するね。俺と同じクラスの千鳥」

柊二の紹介に、短髪《たんぱつ》の男がニッと唇《くちびる》の端《はし》を上げて笑う。

「どーも！　千鳥晴嵐《せいらん》です、よろしくっ」

「こいつ、サッカー部だったんだけど怪我《けが》してやめちゃってさー。暇《ひま》だ暇だって毎日うるさいから、裁判同好会に来いよって連れて来たんだ」

（ええ!?　本当にサッカー部だったんだ……、――って、そうじゃなくて！）

美空は「ちょ、ちょっと、嶋田先輩！」と慌《あわ》てる。

「あの、そんな言い方、千鳥先輩に失礼じゃないですか？」

「いや、そんな繊細《せんさい》なタイプじゃないから。な？」

「そうそう！　てか俺、法廷《ほうてい》ドラマとか好きなんだよねっ。だから柊二に誘《さそ》われて即《そく》ＯＫしたんだー！」

からからと明るく笑われ、美空は「そうなんですか……!?」と目を丸くする。

さらに柊二は、引きとめられて見守っていた萌と、そんな萌たちを一歩離《はな》れて見ていた学級委員長の夏木にまで声をかけた。

「萌ちゃんも、良かったら俺達と裁判同好会に入らない？　あと、いっつも美空ちゃんを呼んでくれてる眼鏡の君も。どう？」

「あ～、裁判同好会～」

「……僕まで、ですか……!?」

ほわほわとした萌の反応と逆に、夏木は急にあわてはじめる。

(夏木君って冷たい印象だったんだけど、どういうこと……!?)

美空としては、何が起こっているのか分からない。

柊二に「美空ちゃん、裁判同好会って具体的にどんなことするの？」と聞かれ、素直《すなお》に答えるしかできない。

「そ、そうですね、実際にあった事件なんかを題材に、裁判官役とか弁護士役とか検事役に分かれて模擬《もぎ》裁判できればな、と……。裁判員裁判の勉強なんかも良いと思いますし」

「おおー、いいね、アツい!!　検事もいいけど弁護士も捨てがたい……ッ」

美空のたどたどしい説明に、柊二の友人、千鳥がはやしたてる。

どうやら本気で法廷ドラマが好きらしい。

夏木が不機嫌《ふきげん》そうに眼鏡を指で押し上げた。

「……たしかに意義のありそうな会ですが、だからといってどうして僕が……」

柊二は文句を言った夏木ではなく、先に萌に笑顔を向ける。

「萌ちゃんもまだ部活入ってないでしょ？　嫌《いや》になったらやめてもいいし、美空ちゃんもいるんだからとりあえず入ってみてくんない？　きっと皆《みんな》でなら楽しーよ」

「そうですね～。まあせっかく高校入ったんだし、何か部活に入らないとたしかに損かも」

萌の意見に、千鳥が「あっ、俺もそれはあるな！」と同意する。

「やっぱ歌楽坂は部活入ってたほうがいろいろ楽しいって！　な、柊二っ」

「高校生活、一回きりだしね」

にこにこと柊二が言った。


「じゃあ……私も、入ろうかな～」

（えっ！）

萌の言葉に、美空が目を輝《かがや》かせる。

直後、「なら……僕も入ります」という、控《ひか》え目な声が聞こえた。

（夏木君──!?）

振《ふ》り返ると、夏木が目をそらしながら眼鏡をいじっている。

「別に……もともと、僕は法学部志望なんで」

（えええええ!?）

美空にとっては初耳だ。

しかし時々夏木と喋っていた萌は違《ちが》うのか、「そんな感じだね～」と納得《なっとく》している。

(で、でも、まさかこんなに一気に五人になるなんて……！)

信じられない。

(これってどう考えても嶋田先輩《せんぱい》のおかげだよね!?)

元・サッカー部で時間に余裕《よゆう》がある上、法廷ドラマが好きな千鳥を連れてきてくれたのも、現在帰宅部の萌を説得してくれたのも、どういうわけか夏木まで引っ張ってくれたのも。

(私だったら、そもそも友達が多くないし、夏木君どころか萌ちゃんだって説得できる自信がなかった。だから何も言わなかったのに——)

「これで五人達成だね、美空ちゃん！」

柊二が美空に笑顔を向ける。

あわてて美空が柊二に頭をさげた。

「あ、あの、嶋田先輩、ありがとうございます……！」

「お礼なんていいって、だってこれから逆に俺達が美空ちゃんにお世話になるんだからさ」

「え？」

なんのことか、と小首をかしげた美空に、柊二は申し訳なさそうに手を合わせる。

「俺、人は集められても実際の活動については全然だからさ、美空ちゃん、悪いけどこのあとよろしくね」

「…………！」

(嶋田先輩は裁判同好会になんかもともと関係ないのに)

最初から美空のために力を貸してくれただけなのだ。

だから、柊二はもっと美空に恩を売ってもいい。

感謝しろ、くらい言ってもおかしくない。

なにせ裁判同好会をやりたいと言った張本人の美空が何もしていないのだ。

(なのに――)

それなのに、柊二は美空が気を遣《つか》わないよう、美空の力が必要だとちゃんと伝えてくれた。

美空の心を、思いやってくれた。


(――嶋田先輩は、優《やさ》しい)


美空の胸が、また温かくなる。

先週柊二に付き合ってと言われたときも、その翌日見た美女が柊二の姉だと分かったときも、

胸がどきどきして温かくなったのに、それ以上だ。

(いろんな人と仲良くなれて、人に〝うん〟って言わせるのが上手で、でもいつだって人を不快にさせることがなくて)

考えてみれば、裁判同好会の立ち上げの時も教師相手にうまく立ち回っていた。

コミュニケーション力とか、社交的とか、積極性とか、そんな言葉になるのかもしれないけど、美空は柊二がその能力を使ってくれたことが嬉《うれ》しい。

(ぜんぶ、私のために——……)

それが、嬉しかった。

「……ありがとうございます」

胸と同じか、それ以上に熱くなった顔を見せたくなくて、美空はうつむいた状態で柊二に伝える。

柊二が照れたように、へへっ、と笑った気配があった。

「美空ちゃんが喜んでくれるなら、俺も嬉しいよ」

「——!」

(そ、そんなこと言われたら顔を上げられない……!)

目ざとく見つけた千鳥が「おいおい、柊二なに言ったんだよ？　やらしー！」と冷やかしてくる。

「えっ、あの、その」

「美空ちゃん、柊二に何かされたら俺が弁護士役になってあげるぜっ」

「え〜、美空ちゃんの弁護をするなら、どう考えても私じゃないですか〜？」

「……桃井さんは証人役がふさわしいだろ」

千鳥の熱血風な宣言に、萌が遠慮《えんりょ》なく反論し、夏木が眼鏡をいじりながらもフォローする。

（み、皆さっき会ったばっかりなのに妙《みょう》に息が合ってる！）

美空は緊張《きんちょう》してろくに喋《しゃべ》れる気がしない。

けれど、柊二が『なんで俺が何かした前提なんだよ！』と千鳥に食ってかかり。

「あっ、柊二、いま俺の胸《むな》ぐらつかんだ⁉　暴行罪！　現行犯逮捕《たいほ》‼」

「はあ⁉　なんだよ、それ！」

「現逮くらい常識だぜ、柊二！　いくらバンド練習で忙《いそが》しくても、裁判同好会の部員なら、それくらい知っててトーゼンだから」

けらけらと千鳥に笑われ、柊二が『そうなの⁉　美空ちゃん』と問いかけた。

（ええ⁉）

急に呼びかけられ、美空の体が跳《は》ねる。

だけど、いつもの通りの笑顔《えがお》で柊二に「そんなことないよね！」と聞かれ、美空は「私は一応、知ってます」と素直《すなお》に言った。「えっ」と柊二が青ざめる。

「あの、でも、嶋田先輩《せんぱい》はバンドの練習もお忙しいんですよね？」

「それは、まあ……」

柊二が認める。

（……そっか、嶋田先輩はバンドもやってるのに、裁判同好会のこともたくさん手伝ってくれてるんだ。考えてみれば、二つのことをするなんてすごいよね）

あまり気付かなかった柊二の努力を知って、美空は「なら」と声をあげた。

「嶋田先輩は音楽を頑張《がんば》ってるから、情状酌量《しやくりよう》の余地はあると思いますけど……」

「ジョージジョーシャクリョー？　美空ちゃん日本語喋ってる？」

「えっ」

柊二の言葉に、庇《かば》おうとした美空がおもわず絶句する。

夏木が柊二に冷ややかな目線を送った。

「……嶋田先輩、そんなことも知らないのか」

「待って、夏木君、俺への敬語は⁉」

「うんうん、私も夏木君と同じ気持ちかな～」

「萌ちゃんまで⁉」

「ふっ、地に堕《お》ちたな、柊二……」

「お前はドラマの観《み》すぎのくせに！」

あっという間に四人の会話が弾《はず》んでいく。

だけど、柊二がすぐに美空に会話を振《ふ》ってくれる。

「くっそー、美空ちゃん、俺だって裁判用語とか勉強するからね⁉」

「……はい」

そう言って微笑《ほほえ》むと、すぐに萌が「嶋田先輩、ずる～い」と反応して。

「柊二、ずるーい」

「……嶋田先輩、卑怯《ひきょう》ですね……！」

千鳥と夏木も言葉を返して。

「だって俺、美空ちゃんの彼氏だし‼　ね、美空ちゃん」

「そ、それは……！」

柊二が、また美空に呼びかけてくれる。

気付けば、美空も当たり前に五人の会話に交じることができていて。

知らない間に、美空の表情がゆるんでいく。

温かい、優しい気持ちが美空の胸にあふれてくる。

(……こんな気持ち、知らなかった)

小学校でも中学校でも、美空は普《ふ》通《つう》程度に喋ることはしても、特に親しい相手なんかいなかった。なのに、今は違《ちが》う。

(皆《みんな》と一緒《いっしょ》に喋るって、こんな風に楽しいものだったんだ……!)

全部、終わらなければ良《い》いと美空は心の底から願う。

(嶋田先輩との仮交際も、皆との関係も)

ずっと、続いてほしい。

(そんなの無理だよね。特に嶋田先輩との関係は、あくまで〝仮〟なんだもん)

いつかは終わる関係に決まっている。

(一体、いつまで続けられるのかな……)

すこしでも長ければいいのに、と、美空は皆と一緒に笑いながら思った。

「………」

皆のなかで年相応に笑う美空を見て、柊二がそっと、微笑んだ。

「……ん？　あれ――」

皆で笑いあっていた時、千鳥がふと、一Aの外の廊下《ろうか》に目をうつした。

「どうかしたのか？」と柊二が聞くと、千鳥は「いや――」と言葉をにごす。

「まぁ、気のせいだろ」

「千鳥？」

眉《まゆ》を寄せた柊二に、千鳥は何でもないと繰《く》り返す。

自分たちを睨《にら》む巻き髪《がみ》の女子生徒がいたなんて、言わない方が良いことだと思ったのだ。

「なんでそんな女なのよ、柊二――……！」

第4章

4-1 五月十五日 友達

朝は柊二と待ち合わせをして二人で登校して、昼休みは柊二と二人ですごして、放課後は皆と部活をして一緒に帰る。

このところ、美空の高校生活はその繰り返しだ。

（一か月前からは考えられないよね）

部員が五人集まったことで、裁判同好会は無事に復活を果たし、いまは模擬《もぎ》裁判の準備をしている。

最初の判例は美空が考えた結果、映画から借りることにした。映画を選んだのは千鳥だ。結末を知っている千鳥が裁判官の役を、萌が無罪を主張する弁護士役、そして夏木が殺人罪を訴《うった》える検事役をつとめる。犯人である被告人《ひこくにん》の言葉は、映画から引用することにした。

美空と柊二は、次の模擬裁判で弁護士役と検事役をすることになっている。

美空にとっては弁論大会直前に人前で話すことに慣れる練習でもあった。

模擬裁判の段取りや準備などは全《すべ》て、美空が率先《そっせん》して行った。

「裁判とか法律になると、美空ちゃんってよく喋《しゃべ》るんだね〜」とは萌の言葉だ。

「それしか取り柄《え》がないから……」とうつむいた美空に、千鳥も萌も「おかげで楽しい」と笑ってくれた。

「裁判なんて、やってみたいと思っててもどうやればいいのか分かんなかったし！」

「ドラマみたいな格好いい弁護士役やってみたかったんだよね〜」

ノリの良い二人だけでなく、いつも冷静沈着《ちんちゃく》で口数の少ない夏木まで、「葉常さん……やるな」と誉《ほ》めてくれたのだ。

柊二にいたっては、「美空ちゃん、すげーね!?」と、もはや驚《おどろ》いていた。

「やっぱり尊敬する――」と。

（なんだか、どんどん前に進んでいってる気がする）

従兄《いとこ》の海音に話したところ、海音は裁判同好会の復活と美空の高校生活の充実《じゅうじつ》、両方を喜んでくれたようだった。

（弁論大会の原稿《げんこう》も先生に誉めてもらえたし――……）

人と関《かか》わることができたうえ皆《みんな》に評価してもらえる日が来るなんて、想像していなかった。

(──全部、嶋田先輩《せんぱい》のおかげだ)


ある日の帰り道、柊二に二枚の紙をさしだされた。

どこかで見た、と思ったそれは、二枚のチケット。

「──これ、最初の時にも言ったけど、よかったら俺のライブ見に来てほしいんだ」

柊二に言われ、美空は初めて柊二に会った日のことを思い出す。


『ねぇ、君、俺がやってるバンドのライブに来ない?』


(そっか、あの時の──)

ふと、美空は柊二に初めて会った日のことを思い出す。

(私、嶋田先輩に六法全書をつきつけたんだっけ)

従兄の海音にもらった六法全書は、入学後しばらくお守りのようにまめに開いていたのに、最近は同好会の時以外、触《さわ》ってもいない。

代わりに美空が触《ふ》れたのは、あの時受けとらなかった柊二のバンドのライブチケットだ。

「ライブ、十七日の日曜なんだよね」

「そ、それって明後日《あさって》じゃないですか！」

今日は五月十五日の金曜日。

柊二のバンドのライブは、すぐ近くに迫《せま》っていた。

「それに、チケットは即日《そくじつ》完売だって萌ちゃんが言ってましたけど……」

「ああ、前に姉貴が彼氏と来るかもって言ってたから二枚だけ置いてあったんだ。でも、姉貴より俺は──」

柊二が言葉の途中《とちゅう》で一旦《いったん》足を止める。

どうしたのか、と、同じように立ちどまった美空に、あらためてチケットがさしだされた。

「……美空ちゃんに、来てほしいし見てほしい」

「！」

必死で切羽詰《つ》まった目が、美空を見つめる。

（まるで捨てられた子犬みたいな目で見なくても──）

切実な瞳《ひとみ》に、美空のほうがとまどってしまう。

「──……だめ、かな？」

ふるえる声で、柊二が問いかけた。

「だ、だめなわけありません！」


「本当——!?　じゃあ、来てくれるの!?」

「も、もちろん、行きます。……彼氏のライブ、ですし」

目を輝《かがや》かせた柊二に、美空は目をそらしながらうなずく。

行きたい気持ちを柊二に気付かれるのは恥《は》ずかしかった。

「——……うん」

柊二が嬉《うれ》しそうに微笑《ほほえ》む。

赤い前髪《まえがみ》をゆらして、ふわふわと幸せそうに笑う。

「彼女に見てもらいたいから、俺、頑張《がんば》るね」


かさり、と、二枚のチケットが手渡《てわた》される。

(前にこれを渡されそうになった時は、不審《ふしん》な押し売り男って思ったのに)

もう、柊二のことをそんな風に思えない。

それどころか、美空は柊二のライブを見ることができて嬉しいと感じている。

「ライブ、楽しみにしていますね——」

チケットを握《にぎ》りしめ、美空は小さな声で励《はげ》ました。


金曜の夜、家に帰った美空はさっそく萌に連絡《れんらく》をする。

内容はシンプルだ。

まず、チケットが一枚余るので、良ければ一緒《いっしょ》に行かないか、というお誘《さそ》い。

そして――『ライブってどんな服で行けばいいの⁉』――という相談だった。

（だって、ライブなんて初めてなんだもん！）

当日は当然、柊二は忙《いそが》しいため一緒に行くことはできない。

柊二はライブハウスまでの行き方や着いてからの流れを丁寧《ていねい》に教えてくれたし、チケットにライブハウスの場所も開始時間も書かれているが、それでも不安なのだ。

（この間のカラオケルームみたいに二人きりってわけじゃないし、ライブに私の持ってるワンピースで大丈夫《だいじょうぶ》とは思えない……！）

迷うあまり、美空はクローゼットを開けたり閉めたりしてしまう。

そこへ、萌からの返信があった。

『ライブ、行っていいなら是非《ぜひ》行きたい～！　あと服のことだけど、それなら土曜は私の家においでよ～。よかったら貸すし！』

（萌ちゃんが女神《めがみ》に見える……!!）

すがりつくように、美空は『ありがとう、お願いします……！』と返信した。

⚖ ♥ ⚖ ♥ ⚖

明けて土曜日、美空はさっそく萌の家を訪《おとず》れていた。

「も、萌ちゃん、いろんな服持ってるんだね……！」

「美空ちゃんなら、こんな服とかどうかな～」

金曜の夜から楽しみにして準備していたという萌は、すでにいくつもの服をハンガーにかけて飾《かざ》ってある。

「え～、ここに出してるのは全然一部だよ～？」

「そ、そうなんだ……」

（さすがお洒落《しゃれ》な人は違《ちが》う！）

実際、萌の普段着《ふだんぎ》は学校で見るとき以上にかわいい。

（……嶋田先輩も、萌ちゃんみたいな彼女だったら自慢《じまん》できるだろうなぁ）

と言うか、ライブに着ていく服が分からない彼女（仮）なんて嫌《いや》なんじゃないかと思う。

（嶋田先輩に言う気はないけど……）

美空の心に気付かず、萌は「今日の美空ちゃんのワンピースでも良《い》いと思うけどね！」と朗《ほが》らかに言ってくれる。

「でも、せっかくライブだし、ちょっとテンション高めのほうがいいよね～」

「テンション？」

「え、この機会に嶋田先輩ともっとラブラブになるとかじゃないの？」

「な――――！」

萌の言葉に、美空の顔が一瞬《いっしゅん》で赤くなる。

萌がのんきに「あ、でもさすがにライブ当日は嶋田先輩がちょっと忙しいのかな～」と首をひねった。

「あ、あの、萌ちゃん、そんなつもりは無いから……！」

「え～、じゃあ美空ちゃん、嶋田先輩《せんぱい》のことどう思ってるの？」

「どうって――」

ねぇねぇ、と、萌が美空をつつく。

「まさか嫌《きら》いじゃないでしょ～？」

「それは、もちろん……」

「なら、どう思ってるの？」

にやにやと萌が好奇心《こうきしん》たっぷりの目で美空を見る。

「そ、それは――」


(――たしかに私、嶋田先輩のことどう思ってるんだろう？　彼氏(仮)？　優《やさ》しい人？　頼《たよ》りになる人？)

どれも正しいけれど、どれも違う気がして、美空は首を傾《かし》げる。

萌が「美空ちゃんは鈍感《どんかん》なんだから～」と苦笑《くしょう》した。

「……萌ちゃん、私の気持ちが分かるの？」

「う～ん、こうなったら面白《おもしろ》いかな、っていうのはあるかな」

「それ、面白がってるだけだよね!?」

「ばれちゃった～」

美空の鋭《するど》い疑問に、萌がけらけらと笑いだす。

「な――」と怒《おこ》りかけて、美空は軽く息を吐《は》く。

「……萌ちゃんって本当、面白いものが好きだよね」

「美空ちゃんは本当、真面目《まじめ》だよね～」

そんな風に言い合って、お互《たが》い笑い合って。

ふいに、萌が「でも、意外だった」と真面目な顔で言いだした。

「美空ちゃんって最初のころ、正しいことしか言わないって感じで近寄りがたかったじゃない？　なのに、ライブに行く服に悩《なや》んだり、恋《こい》バナしたりとか、けっこう普通の女の子で安心しちゃった～」

「――！」

萌の言葉に、美空が目を見開いた。

「あ、もちろん、美空ちゃんが真面目なのは変わらないと思うけどね」と萌が付け足す。

（……言われてみれば、前はもっと、こんな話をして良いのかとか、どんな会話が良いんだろうとか、いろいろ悩んで何も話せなくなってた）

なのに、今は違う。

(思ったことをそのまま口に出して、それを受けいれてもらってる。――ううん、それが普通ってことだ)

正しいことだけじゃなく、悩んでる気持ちをそのまま言って、共感して、相談に乗ってもらう。当たり前のことなのかもしれないけど、美空にとっては、できなかったことだ。

(これは……良い変化、だよね。だっておかげで萌ちゃんとも仲良くなれた。以前の私だったら、相談できる相手なんて海音お兄ちゃんや家族以外にいなかったもん――)

萌が「だから良かった」と笑う以上に美空自身も嬉《うれ》しくて、「ありがとう」と萌に微笑《ほほえ》んだ。


ライブに着ていく服を選び終えたころには、すっかり夕方になっていた。


萌と日曜日の待ち合わせを決めて桃井家を失礼する。

(嶋田先輩のライブか、どんな感じなのかな――)

服も決まって、一緒に行ってくれる友達もいて、純粋《じゅんすい》に期待がふくらんでいた。

柊二との初デートの時と違って、海音に相談しようかと考えることも、六法全書を持っていこうかと悩むこともなかった。

4-2 五月十七日　ライブ

（ここがライブ会場……）

ライブ当日、美空は萌と一緒《いっしょ》に高校の最寄《もよ》り駅に来ていた。

ライブハウスは歌楽坂高校の近くにあるのだ。

高校とは逆方向の、普段は通らないような繁華街《はんかがい》へと向かい、目的のビルを発見する。

「こ、ここだよね？」

「うんうん、合ってるよ～！」

カンカンカン……と、甲高《かんだか》い音を立てて金属製の階段を下りていくと、受付なのか、カウンターのある広いスペースに出た。そこで予想外の人物を見つける。

「へー、二人も来たんだ！」

「千鳥先輩⁉」

いつもと変わらない服装の千鳥が、友達らしきグループに一言断りを入れて美空たちのほうへやってくる。

「千鳥先輩、もしかしていつも嶋田先輩のライブを見に来てるんですか?」

美空の質問に、千鳥が「友達だし、いいバンドだからな!」と勢いよく笑う。

「二人とも、ちょうど良《い》いタイミングだったなー! 前のバンドが早めに切り上げたから、そろそろ柊二のバンドの番だぜ」

(え――……)

急に、緊張感《きんちょうかん》が美空を襲《おそ》う。

だが、来いよ、と千鳥にうながされ、美空はやっぱり断れない。

受付にチケットを渡《わた》し、千鳥に導かれるまま、重い防音扉《とびら》を抜《ぬ》けた。


(これが、ライブハウス?)

真っ暗な世界に、さざめく人々の声。

ほのかな光の下で、千鳥が「くるぜ」と笑う声が聞こえて、次の瞬間。


――ドン! と、体を揺《ゆ》るがすような衝撃《しょうげき》があった。

（な……!?）

衝撃と思ったのは音で、いくつもの光がライブハウス全体を彩《いろど》りはじめる。

音楽に合わせて、めまぐるしく光るまぶしい照明。

照らしだすのはステージの中心――――柊二だ。

（嶋田先輩――――！）

わぁぁあああああ、と、柊二の姿に観客全員が絶叫《ぜっきょう》した。

（す、すごい歓声《かんせい》――）

こんなにも人が居たのか、と思うほどの声に、美空は完全に圧倒《あっとう》される。

女性も男性も、美空より年下の女の子も、大人の男性も、皆《みな》が柊二の登場を待ちわびていたかのようだ。

（私がこの中に居て良いのかな……!?）

今まで全く縁《えん》の無かった場所に、まるで悪いことをしているような気分になって美空は下を向きそうになる。

だけど、萌が「大丈夫《だいじょうぶ》？」と声をかけてくれた。

（……そうだ、せっかく萌ちゃんに服だって選んでもらったんだもん、堂々とするべきだよね）

自分のためにも「大丈夫」と答え、美空はまっすぐステージを見すえた。

「来てくれてありがとー、柊二です！」

ステージ上の柊二が、マイク越《ご》しに笑顔《えがお》をふりまいた。

その途中《とちゅう》で視線が止まり、もう一度「ありがとう！」と言って手を振《ふ》る。

視線の先にいるのは、美空だ。

（まさか、私に気付いた？　そんな）

信じられない気持ちの美空に、萌が「今嶋田先輩《せんぱい》、ぜったい美空ちゃんのこと見たよね……！」と興奮状態だ。

「で、でも……」

これだけたくさんの人がいて、暗い会場で、まぶしいライトをあてられて、美空が見えたとは思えない。

なのに、柊二は嬉しそうな笑顔で続ける。

「今日は大事な人が見ててくれるので、張り切っていきますね！　それじゃ、一曲目——」

柊二の合図で、音楽が始まる。

流れるようなキーボードから始まったメロディに、柊二が声を乗せはじめた。

（な——、すごい……!!）

ステージの上で歌う柊二は、普段《ふだん》学校で見る時とは全然違《ちが》っていた。

圧倒的な声量。心にひびく歌声。紡《つむ》ぎだされる幸せな音楽。

（すごい、すごい、すごい!!）

本当にもう、美空にはすごいとしか言えなかった。

全身に感じる光と音。

ライブハウスの中にいる全《すべ》ての人々が柊二の声に熱狂《ねっきょう》する。

隣《となり》にいる萌も、ずっと柊二に声を送っている。

（こんな世界があったなんて――！）

びりびりと響《ひび》く音に、美空の全身に鳥肌が立つ。

地上の平凡《へいぼん》な生活とは全く違う世界がここには広がっていて、それを見せてくれているのは柊二の歌声なのだ。

聞き惚《ほ》れずにはいられない。

（なにより――）と、美空はステージで汗《あせ》を流して歌う柊二を見上げた。

笑顔がきらきら煌《きら》めいていて。

まるで全身で楽しいと言っているみたいな柊二。

（あんなふうに真剣《しんけん》で、でも楽しそうな嶋田先輩、初めて見た……！）

いつもはにこにこしている顔が、肉食獣《にくしょくじゅう》のように挑戦的《ちょうせんてき》な光に満ちている。

熱気が柊二の体からあふれていた。
赤い前髪《まえがみ》が、あざやかに視界に映る。

（――……格好いい……）

そう思わずには、いられない。
異世界みたいなライブハウスを支配しているのは、まちがいなく柊二だった。

（嶋田先輩って、こんなに格好いい人だったんだ――!!）

気付けば、あっという間に柊二のバンドのライブは終わりを迎《むか》えていた。
「今日はありがとー！」と、息を荒《あら》くした柊二が客に向かって笑顔をふりまいて舞台袖《ぶたいそで》に去って行った。
（……ライブって、こんなに体力使うんだ……！）

興奮しすぎて、美空も萌もへとへとだ。

「――柊二、すごかっただろ？」

「！　千鳥先輩――」

声をかけられ、振り向くと予想通り千鳥が笑って立っていた。

問いかけに、美空は素直《すなお》に「はい」とうなずく。

「すごく……格好よかったです」

「うんうん、だよね～！　私も嶋田先輩のファンになっちゃったよ……！」

美空と萌の言葉に、千鳥が「だろ！」と笑う。

「それ、柊二に言ってやってくれる？　あいつ、美空ちゃんにどう思われてるか、すげぇ不安になってたからさ」

（嶋田先輩が、不安？）

千鳥の言葉に、美空は内心目を丸くする。

（まさか、そんな風には全然見えない。嶋田先輩はいつもにこにこして、余裕《よゆう》そうだもん）

不安になることなんて、あるとは思えない。

（むしろ――……）

目を伏《ふ》せかけたところで、千鳥が「じゃ、駅まで送っていくし行こーぜ！」と歩きだす。

「あれ〜、千鳥先輩《せんぱい》、友達と一緒《いっしょ》だったよね？」

萌にささやかれ、美空も小声で返した。

「うん……。もしかして、わざわざ私たちに声をかけるために残っててくれてたのかな」

「あの人、すごいお人よしっぽいもんね〜！」

うんうん、と、萌は勝手に納得《なっとく》している。

千鳥が鋭《するど》い視線で見すえる先には、どこかで見たような巻き髪の女子の姿があった。

4-3 五月十八日 二人

ライブの翌朝も、美空は柊二と駅の改札で待ち合わせをしていた。

今日は珍《めずら》しく、美空のほうが早く待ち合わせ場所についている。

(昨日もケータイからお礼と感想送ったけど、直接も伝えていいよね？)

改札を、たくさんの歌楽坂の生徒たちが通り過ぎていく。

（人が多すぎて嶋田先輩を見つけるの大変そう――）

思いかけて、美空はあれ？　と気付く。

（そういえば、嶋田先輩はいつも私のことをすぐに見つけてくれたよね。制服で目立つから？　だけどこの間デートに出かけた時は私服だったのに）

「――美空ちゃん！」

「！　嶋田先輩――」


ちょうど考えていたところに声をかけられ、美空ははじかれたように振《ふ》り返る。

柊二が、にこにことといつもの笑《え》みを浮《う》かべて走ってくる。

（また嶋田先輩に先に見つけられちゃった……）

ぎゅ、と、美空は拳《こぶし》を握《にぎ》りしめる。

（嶋田先輩は、ずるい）

たくさんの人の中から、いつでも真っ先に美空を見つけることができるなんて、そんなことをされたら美空は自惚《うぬぼ》れてしまいそうになる。

（私は〝仮〟にすぎないのに）

柊二が笑顔で「昨日は来てくれてありがとうね！」と話しかけてきた。

「そんな、私こそ、チケットありがとうございました」

「ううん、俺が美空ちゃんに見てもらいたかっただけだから。……ライブ、どうだった？」

「…………」

柊二に照れくさそうに見られ、美空はつい、口を閉じてしまう。

（ちゃんと言おうって思ってたのに、改めて聞かれると緊張《きんちょう》しちゃう……！）

「いや、たしかに昨日メッセージで感想はもらったんだけど、でもやっぱり直《じか》に聞きたいっていうか、その、えーっと……！」

美空の沈黙《ちんもく》を誤解したのか、柊二があわてて弁解する。

（こうしてると、昨日の先輩が嘘《うそ》みたい）

わたわたと動揺《どうよう》している柊二に、なんだか美空の緊張もほぐれてきて微笑《ほほえ》む余裕が生まれた。

心を決めた美空は、まっすぐ向き合って、伝える。

「——……格好よかったです、嶋田先輩」

「！」

やわらかい美空の表情に、柊二が息をのむ。

「前に嶋田先輩は私のことを〝熱い想《おも》いがあって夢に向かって真剣《しんけん》だから尊敬する〟って言ってくれましたけど、嶋田先輩だって音楽に熱いんじゃないかなって思いました」

「俺が⁉　でも――」

「私には嶋田先輩の気持ちはよく分かりませんけど、あんなに真剣な先輩、初めて見たから」

すごく、格好よかったです、と、美空がもう一度くりかえす。

「――っ」

信じられないというような顔で、柊二が口元に手を当てた。

「……嶋田先輩？」

いつかと同じように、美空は柊二の顔をのぞきこむ。

すると――。


「…………そっか」

くしゃ、と、柊二が美空の頭を撫《な》でた。

「し、嶋田先輩⁉」

急に頭を撫でられ、美空の心臓が跳《は》ねる。

しかし柊二は全く気にしない。

優《やさ》しく、丁寧《ていねい》に、柊二の大きな手が美空の髪《かみ》を撫でていく。

(こ、こんなことされるなんて、緊張しちゃう——————!)

柊二の甘い声が耳もとにささやかれた。

「ありがと、美空ちゃん。……俺の気持ち、見つけてくれて」

「嶋田先輩、あの、恥《は》ずかしいからやめてください……っ」

泣きそうな声が出てしまう。

「え? あ、ごめん」と、柊二が慌《あわ》てて手を引いた。

(良かった、あれ以上続けられたら心臓がもたなかったよ……!)

温《ぬく》もりが離《はな》れたことに、美空はほっと息をつく。

(……嶋田先輩ってば、本当にずるい!)

赤くなった目元で柊二をにらみつけると、柊二が顔を赤くして「あ、あのさ!」と声を張り上げた。

「なんですか?」

「あの——、えっと——、その——……」

「嶋田先輩？」

柊二は何度か言いかけては止《や》め、やがて、決心したように頭を下げた。

「――――手を繋《つな》いでも、いい!?」

「……………手？」

「そう、手！」

柊二に言われ、美空はとまどう。

（どうしよう、男の人と手を繋ぐなんて初めてかも……………！）

従兄《いとこ》の海音とだって、小さいころに繋いだだけだ。

「もしかして、嫌《いや》……………？」

「！」

不安そうな声に美空が視線を上げると、柊二がまた捨てられた子犬のような顔をしていた。

赤い前髪が、ゆらりと揺《ゆ》れる。

（……かわいい）

そんなことを先輩《せんぱい》相手に思うなんて、自分でも信じられない。

だけど、本当にそう思ったのだ。

気付いたら口が勝手に返事をしていた。

「……嫌じゃ、ないです」


(な、なんでこんな言い方しかできないんだろう、私……!)

言ってしまってから後悔《こうかい》するが、どうしようもない。

もっとうまく伝えたいと思っても、美空は何て言えば良いのか分からない。

(それに、やっぱり恥ずかしい)

手を繋ぐことを想像しただけで、美空の胸がどきどきとうるさい。

しかし、柊二の反応に美空の鼓動《こどう》が少しだけ穏《おだ》やかになった。


「あ、ありが、と——……!」

柊二の声が、珍《めずら》しく震《ふる》えていたのだ。

(……もしかして嶋田先輩も恥ずかしいの?)

つい、驚《おどろ》いた顔で見てしまう。

だけど柊二はそんな美空の様子には気付かず、真剣に手を伸《の》ばしていた。

（あ――）

きゅ、と、柊二の手が美空の手を握《にぎ》る。

（嶋田先輩の目元が、赤くなってる）

握ってくる手は、美空がびっくりするくらいに熱かった。

（…………一緒《いっしょ》、なのかも）

あんなにも社交的で皆《みな》の前で堂々と格好よく歌える人でも、美空と同じように緊張しているのかもしれない。

そんな風に、初めて思う。

（きっと嶋田先輩のこんな顔、私しか知らない）

緊張して、周りの何も見えていない柊二の顔なんて珍しすぎる。

（それが、なんだか嬉《うれ》しい）

握っている間に、お互《たが》いの手が少しずつ同じ温度になっていった。

まるで、二人で一つになったみたいに。

（初めて、男の人と手を繋いでる――……）

思った以上に柊二の力が強くて、美空はそっと握り返す。

（――……いつまで、こんなことができるんだろう）

嬉しい、と囁《ささや》きながら、まぶしいものを見るような柊二の微笑《ほほえ》みに、美空の胸がきゅう、と痛くなった。

（嶋田先輩は優しくて、頼《たよ》りになって、一緒にいて楽しくて、どきどきして）

だけど、と美空は思う。

（だけど私と嶋田先輩の関係はあくまで〝仮〟なんだから、いつか終わりがくるんだ――）

だから、ただ、赤い顔を見られないようにするので精いっぱいで。

「……美空ちゃん？」

心配そうに気遣《きづか》ってくる柊二に、美空は「なんでもありません」と首を横にふった。

柊二が優しければ優しいほど、美空は不安になる。

（終わっちゃうのが、怖《こわ》い。……寂《さび》しい）

今があまりにも楽しくて幸せだから、終わりが来るのが辛《つら》い。

（仮交際って、いつまで続けられるの？）

柊二にそれを聞く勇気なんて、美空には持てなかった。

（かわいかったなぁ、今朝の美空ちゃん……）

二Cの教室で、柊二は自分の手のひらを見つめながら朝のことを思い返していた。

「――なに？　柊二、貧乏《びんぼう》なの？」と聞いてきたのは千鳥だ。

「は？」

「いや、文学じゃん。じっと手を見て、働けど働けどー、的な」

「違《ちが》うよ、もう」

「じゃあ美空ちゃんのこと？」

唇《くちびる》の端《はし》をゆがめて笑う千鳥に、柊二がため息をつく。

「そうだよ」

「まだ悩《なや》んでんのかよ？　そんな心配なら、美空ちゃんに自分のことどう思ってるのか聞けばいいじゃん」

千鳥に肩《かた》を叩《たた》かれるが、柊二はそれどころではない。

「……そんなことして振《ふ》られたらどうすんだよ」

「振られる？」

千鳥の言葉に、柊二はうなずいた。


「美空ちゃんはさ、正直流されて俺と付き合ってくれてると思うんだよね。そりゃ、いつかは俺のこと好きになってほしいけど、結論を焦《あせ》って〝じゃあ別れます〟なんて言われたくない」

「そんな簡単に別れるのかよ⁉」

「だってお試《ため》しだし。……美空ちゃんが俺を好きになれなかったら、それで終わりだろ？　そう思ったら、結論を出すのがすげー怖い」

「…………」

「振られたくないから、何も言えないし聞けないんだ」

柊二の弱々しい声音《こわね》に、千鳥は深く息を吐《は》く。

ちらりと柊二を斜《なな》め見た。

「あのな、いつかは結論出さなきゃだめだろ。ずっとお試しでいる気か？」

「分かってるよ。けど……美空ちゃん、歌ってる時の俺が真剣《しんけん》だって言ってくれたんだよね」

「――！」

柊二の言葉に、千鳥が目を見張る。

柊二が弱々しく苦笑《くしょう》した。


「いままで、どうせ食べていけないとか、しょせん趣味《しゅみ》とか、いろんな言い訳して逃《に》げてただけで、やっぱ俺は音楽が好きなんだなって美空ちゃんに教えてもらった気分なんだ」

「……やっと気付いたのかよ、遅《おそ》っ」

千鳥の憎《にく》まれ口に、柊二が「たしかになー」と笑いかえす。

「なんかさー、それに感動して嬉しくて、今日はじめて手ぇ握っちゃった。そしたら美空ちゃんの手、すっごい小さくて、ああ守りたいなって思って」

だから、と、柊二はつぶやいた。

「俺は、あの子につりあうような立派な男になりたい」

「柊二……」

「ちゃんと自分に向き合って、好きなことに必死になれるように。だから、それまでは――」

「嶋田君」

「！」

名前を呼ばれ、柊二が言葉を止めた。

見れば、クラスの女子が「お客さんだよ」と呼んでいる。

彼女の背後には巻き髪《がみ》の女子が立っているのが見えた。


「っ、また松本先輩《まつもとせんぱい》か……」

柊二が嫌《いや》そうな顔で立ち上がる。

「断ればいいんじゃね？」

「うーん……」

千鳥が提案するが、柊二は二Cの前で待つ女子を見て、怯《おび》えたような顔になり「いちおう、行くだけ行く」と返した。

「でもあの女、お前のバンドのファンだろ？　よくお前のまわりうろうろしてるし、何か面倒《めんどう》なことになるんじゃねーの？」

「でも無視もできないし……」

誰《だれ》にでも優《やさ》しいというより、優柔不断《ゆうじゅうふだん》な面を見せる柊二に千鳥が不満顔をしてみせた。

「今日も同好会だろ？」

「美空ちゃんには、なんかうまく言っといてよ。今日、お前らの模擬《もぎ》裁判だし、それには間に合うように戻《もど》るから」

拝むようにして言われると、千鳥も断りにくい。

「……おう、早く来いよな」

柊二と巻き髪の女子の後ろ姿に不穏《ふおん》なものを感じながらも、千鳥は柊二を見送ったのだった。

4-4 五月十八日 浮気《うわき》

「――以上で、閉廷《へいてい》！　お疲《つか》れっ」

映画の裁判官が小槌《こづち》を使うように、千鳥がペンケースで教壇《きょうだん》を叩いた。

それを合図に、全員が「お疲れ様でしたー！」と力を抜《ぬ》いた。

　今日の裁判同好会は、初めて模擬裁判を行ったのだ。

　法廷《ほうてい》映画内での事件を例にした模擬裁判では、検事役の夏木が弁護士役の萌にやりこめられた。

　実は映画の中では有罪になっていたのだが、夏木が確実な証拠《しょうこ》になるものを見落としていたため論争で負けてしまったのだ。結果、裁判官役の千鳥は無罪と判定した。

「裁判ゲームみたいな感じで、これはフツーに部員が集まりそうだろ！」と言ったのは法廷ドラマ好きの千鳥だ。

「うんうん、ですよね！」

「……次は、勝ちます」

　勝ったことで嬉《うれ》しい萌が楽しげに笑い、夏木がくやしがる。

　ずっと傍聴《ぼうちょう》していた美空は「ありがとうございました」と皆《みな》に一礼した。

「おかげで私も参考になりました。判例を読むのと、実際に流れを体験するのとじゃ大違《おおちが》いですね」

「……検事として罪を追及《ついきゅう》する側に立つと、また違う」

「弁護も楽しいよ～！」

「いやー、やっぱこう、有罪無罪、白黒はっきり決める裁判官が一番爽快《そうかい》だぜ」

美空の言葉に、夏木と萌と千鳥がそれぞれ反応した。

(負けた夏木君には申し訳ないけど、萌ちゃんも千鳥先輩も楽しんでくれたし、私も判例を読むことと言うことの違いを感じれたし、初めての模擬裁判としては案外良かったよね)

生徒だけで行ったわりに上出来だったのではないだろうか、と美空は自画自賛してしまう。

(ただ――)

問題は、柊二が来なかったことだ。


「嶋田先輩、遅《おそ》いですね」

美空の言葉に、千鳥が形の良い眉《まゆ》をひそめた。

「まさかと思うけど、まだ話してんのかな……」

ちいさな声は、しかし、美空によって聞きとがめられる。

「……千鳥先輩、嶋田先輩は掃除《そうじ》って言ってませんでした？」

美空ににらまれ、千鳥の顔が「げっ」と引きつるが、もう遅い。

夏木と萌も「どういうことですか⁉」と千鳥を問いつめにかかった。

「わ、わかった、ちゃんと言うって！　俺だって柊二にうまく言っといてって言われて、本当に適当に言っちゃっただけなんだしっ」

一年生三人に囲まれ、千鳥はすぐに降参する。

美空がほっと息を吐《つ》いた。

「じゃあ、教えてください。どうして嶋田先輩は来ないんですか？」

「……柊二のとこに、バンドのファンが来たんだよ。三年の女子で、松本とかいう先輩。なんか柊二に話があるとか言って」

「ファンの方がお話ってことは、バンドの件とかですかね？」

（だったら普通《ふつう》だよね。心配するようなこと、なかったのかな）

小首をかしげる美空に、千鳥は肩《かた》をすくめる。

「それならいいけど、その女、このところ敵意満々って目で柊二のこと見てたから、ちょっと気になってんだよ」

「敵意――？」

ファンなのに敵意とはどういうことなのか。

美空には全く分からない。

代わりに口を挟《はさ》んだのは萌だ。

「まさか……嶋田先輩《せんぱい》のストーカーになったとか～？」

「えっ⁉」

驚《おどろ》いた美空に、今度は夏木が眼鏡をいじりながら言う。

「……かわいさ余って憎《にく》さ百倍、ということもある。恨《うら》まれているのかも……」

「ええ⁉」

美空の顔から血の気が引いていく。

千鳥が「いや……」と首を横に振《ふ》った。

「そこまで過激じゃねーと思うぜ。でも、美空ちゃんのことで恨んでたみたいだし……」

（な……！）

千鳥の言葉に、美空がカッと目を見開いた。

「――――だったら、嶋田先輩を助けに行かないといけないじゃないですか！」

美空の宣言に、千鳥を含《ふく》む全員が「は⁉」と目をまるくした。

だが、美空は気にしていられない。

「千鳥先輩、嶋田先輩ってどこに行ったか分かりますか⁉」

「へ？　た、多分、視聴覚室《しちょうかく》とか、邪魔《じゃま》が入んねーところで話してると思うけど……」

「そうですか、分かりました、ありがとうございます！」

素早《すばや》く礼をして、美空は傍聴のあいだ、ずっと手にしていた六法全書を抱《だ》きしめる。

旧校舎の空き教室を飛び出し、本校舎の視聴覚室へと走り出した。

「ちょ、美空ちゃん⁉」

呆然《ぼうぜん》としていた千鳥が追いかけたのは、しばらく経《た》ってからのことだ。

⚖ ♥ ⚖ ♥ ⚖

（まさか私のせいで嶋田先輩がファンに恨まれるなんて……！）

考えたこともなかった。

（私、人間関係に鈍感《どんかん》なままだ）

嫉妬《しっと》で殺人なんて、いくらでも判例を読んできたはずなのに、全く役に立っていなかった。

（嶋田先輩は格好よくて人気バンドのボーカルで優《やさ》しくて、皆の人気者なんだもん。いくら仮

とはいえ、私とのことがファンの人に嫌《いや》がられることくらい、分かっておくべきだった）

本当なら、もっと早い段階で問題があってもおかしくなかったはずだ。

（もしかして、嶋田先輩が事前に収めてくれてた……？）

柊二ならあり得る、と美空は思う。

（だって嶋田先輩はいざという時、いつも優しくて頼《たよ》りになったんだもの。それに、人の気持ちにも敏感《びんかん》だから……）

美空をファンの嫉妬から守ってくれていた可能性は、おおいにある。

（でも、私のせいで先輩が恨まれてるなら、私が先輩を助けなきゃ――――！）

胸に抱く六法全書を、美空は強く握《にぎ》りしめる。

正しいことを、海音の代わりに教えてくれる気がした。

普段なら絶対に走らない廊下《ろうか》を走り、階段を駆《か》け上がり、息が切れそうになるなか。

「嶋田先輩！」

美空は、視聴覚室と書かれた防音扉《とびら》を勢いよく開ける。
直後、見えたものは――――。

(…………え?)

「美空ちゃん――!?」

白い机が並ぶ視聴覚室の奥。
壁際《かべぎわ》で、二人の男女が絡《から》み合うように立っていた。
覆《おお》いかぶさるようにしているのは、髪《かみ》を綺麗《きれい》に巻いた華《はな》やかな女子。
彼女を抱きとめるかたちになっているのは、スタイルの良い長身の男子。
彼の赤い前髪がさらりと揺《ゆ》れた。
二人の顔は、唇《くちびる》が触《ふ》れそうなくらい近づいていて。
出しっぱなしの大きなスクリーンに、一つになったような影《かげ》が映って見えた。

（え……!?）

何が起こっているのか、美空には一瞬《いっしゅん》、分からなかった。

（嶋田先輩……何してるの？）

柊二が抱きしめているように見えるのは、美空の知らない女子生徒だ。

きっと、二年か三年の先輩女子。

美空とは正反対のタイプ。

そんな知らない女子と、柊二はキスをしそうになっているように見えた。

彼女である美空以外の女子と。

（つまり、これって――……）

（……浮気《うわき》）

「────────!!」

ぎゅっ、と、心臓を掴《つか》まれたような気がした。

（嫌だ……！）

耐《た》えられなくて、美空は入ったばかりの視聴覚室を飛び出す。

「美空ちゃん、待って！」と必死な声が聞こえてきた。

けれど、美空には待つ気なんてない。

（こんなの、ひどすぎる）

リノリウムの廊下を、美空の革靴《かわぐつ》が音を立てて蹴《け》る。

（ひどい裏切りだよ────!!）

（どうして嶋田先輩《せんぱい》は私や千鳥先輩達のいる同好会を蹴って、あの先輩と一緒《いっしょ》に居たの？）

（どうしてあの先輩とキスしそうになっていたの？）

（どうして）

美空の頭を、いくつもの〝どうして〟が駆けめぐる。

どうして、どうして、どうして、と、問うばかりで答えが出てこない。

（……私とのことは、しょせん気まぐれの遊びだったの？）

だから、こんなにも簡単に裏切れるんだろうか。

（〝仮〟の彼女にすぎないから？）

ぎゅ、と、六法全書を抱《だ》きしめる。

（胸が、痛い）

柊二と一緒にいることで温かくなったり締《し》め付けられたりしていた胸が、今は泣きたいくらいに痛かった。

（痛くて苦しくて、つらい——）

ふと、いつかの萌の質問を思い出す。

『じゃあ美空ちゃん、嶋田先輩のことどう思ってるの？』


（——……そうか）

柊二が他《ほか》の女性と一緒にいる姿を見て、裏切られて、ようやく分かった。

（私が、嶋田先輩をどう思ってるのか）

泣いてしまいそうで、美空は自分の唇を嚙《か》む。

（私は、嶋田先輩のことを好きになってたんだ——……）

最初は不審《ふしん》な押し売り男としか思わなくて、仮交際に頷《うなず》いたのは完全に勢いだった。

断れない、美空の悪い癖《くせ》のせいだ。

（だけど、嶋田先輩が優《やさ》しくしてくれるから）

かわいいと言ったり、かっこいいと言ったり、美空の代わりに怒《おこ》って教師相手に交渉《こうしょう》してくれたりして、すこしずつ、美空の心をほぐしていってくれた。

美空の希望である裁判同好会の復活のため、入ってくれるだけでなく勧誘《かんゆう》までしてくれて、皆《みんな》との距離《きょり》を縮めてくれて、美空が弁論大会で緊張《きんちょう》しないようカラオケで特訓までしてくれた。

（いつも私のことを考えて、尊重してくれるから）

美空ちゃん、と何度も呼んでくれた柊二の声を思い出す。

ライブの時の、別人のような真剣《しんけん》で生き生きとした顔も。

何度か触れあった、大きくて熱い手のひらの温度も。

（……一緒に居て楽しくて、尊敬できて、格好よくて）

気付いたら、柊二のことが好きになっていた。

(あと少しで、自分の気持ちに素直《すなお》になれたのに)

なのに、柊二は美空を裏切ったのだ。
浮気という、最悪の形で。

(こんなの、もう耐えられない——……!)

「美空ちゃん!」

「!」

急に、後ろから美空の手が摑まれた。
柊二の声に、美空は振《ふ》り返る。
(足まで速いなんて、ずるい)
美空はどうしようもないことを考える。
(私は、逃《に》げたかったのに)

あたりに、巻き髪の女子生徒はいない。

（だけど――）

だけど。

（――もう、顔も見たくない）

心も身体《からだ》も、ひどく冷え切っている気がした。
逃げるのを諦《あきら》めて、美空は柊二に向かい合う。
「美空ちゃん、聞いて！　君に振られるくらいなら、俺は――」
懸命《けんめい》に言いつのろうとする柊二の声を聞いていたくなくて、唇《くちびる》をひらいた。

「――浮気です」

告げた声の冷たさに、美空は自分自身で怖《こわ》くなる。

こんな時に、何の感情もこもっていない声を出せるなんて思っていなかった。

「……え？」

美空の言葉に、柊二が目を見開く。

「ちょ、待っ」と何か言いかけるが、美空は「浮気。不貞行為《ふていこうい》」と柊二の言葉をさえぎった。

何も聞きたくなかったからだ。

（それに……これ以上、ここに居たくない！）

ぎゅっと握《にぎ》りしめた手を隠《かく》して、美空は柊二をにらみつけた。

思い浮《う》かぶのは、何度も読んだ六法全書の言葉だ。

それを、美空は最初に会った日と全く同じようにつきつける。

美空が持っている武器は、従兄《いとこ》の海音にもらったこの六法全書しかないから。

「民法第770条。

不貞行為があった場合、またはその他婚姻《こんいん》を継続《けいぞく》し難《がた》い重大な事由があった場合、離婚《りこん》の訴《うった》えを提起できます」

「！　ねえ、待って――」

柊二が焦《あせ》った顔で口を開く。

だけど、その言葉を聞く前に美空は告げた。

「だから――有罪」


お別れですね、と美空は柊二に背を向ける。

必死に言い訳する柊二の声が聞こえた気がしたけれど、美空は振り返らなかった。

(泣きそうな顔なんて見られたくない……！)

――……きっと、出会ったことが間違《まちが》いだったのだ。

それとも、あるいは、と美空は思う。

(仮交際なんて、最初から受けいれなきゃ良かった)

そうすれば、裏切られることも傷つくことも無かったはずなのだから。

「嘘《うそ》だろ……!?」

一人、廊下《ろうか》に残され、柊二は誰《だれ》にともなく声を上げた。

(最悪の事態だ……!)

「ちょっと柊二、急に人を放りだすなんてひどいじゃない……!」

「松本先輩《せんぱい》……っ」

呆然《ぼうぜん》とする柊二のもとへ、やっと追いついてきたのか松本が長い巻き髪《がみ》をなびかせながら歩いてくる。柊二の顔が自然とゆがんだ。おもわず、舌打ちが出る。

本当は柊二は女性に強く出るのは苦手だ。

拒否《きょひ》をすること自体が怖い。

だけど、そんなことを言っていられる状況《じょうきょう》ではなかった。

「……先輩、俺はファンならありがたいけど、彼氏にはなれないって説明したでしょ!? なのに、なんで押し掛《か》かってきたりしたんですか……！」

　それも、美空の前で、と、言葉にせずに思いながら柊二は松本をにらみつける。

　松本がひるんだように目をそむけた。

「な、なによ、柊二が悪いんじゃない。急にあんな地味な子を選んだりするから、柊二にふさわしいのは、あたしみたいな女だって分からせてあげたくて――」

「俺にふさわしい子は、俺が選びます」

「！」

　柊二の鋭《するど》い視線に、松本が息をのむ。

「…………っ」

　長い睫毛《まつげ》を震《ふる》わせて怯《おび》える姿に、それ以上言うことはできなくて、柊二は松本をつきとばすようにして距離《きょり》をとった。

「俺はともかく……美空ちゃんに手、出さないでください。そんなことしたら、俺、先輩のこと許せなくなるんで」

「柊二……！」

　媚《こ》びるような声を無視して、柊二は廊下を歩きはじめた。

　誤解させた、と、後悔《こうかい》が柊二の心にうずまく。

(俺には美空ちゃんしかいないのに――――)

⚖ ♥ ⚖ ♥ ⚖

「な、何よ、格好つけて、柊二の馬鹿《ばか》！　いっつも何言ってもにこにこ笑ってたくせに――」

一人になった松本が、苛立《いらだ》ちまぎれに床《ゆか》を蹴《け》る。

そこへ、こつり、と、新しい足音が聞こえた。

「……たしかに柊二は優柔不断《ゆうじゅうふだん》だけど、その言い方はねーんじゃねぇの？　センパイ」

コツ、コツ、コツ――、と、靴音《くつおと》を鳴らしてやってきたのは柊二の友人、千鳥晴嵐だ。

柊二をいつも見つめていた松本は、「あんた、柊二と同じクラスの……」と気付く。

千鳥が肩《かた》をすくめた。

「さっき、柊二に振《ふ》られるところ見させてもらったぜ。センパイ、柊二のことは諦めろよ」

「な――」

松本の顔が、羞恥《しゅうち》と怒《いか》りで一気に赤くなる。

しかし千鳥は気にしない。

「どうせ柊二が有名人だから一緒《いっしょ》に歩いて自慢《じまん》したいだけだろ？　アクセサリー感覚でさ」

小ばかにした口調の千鳥に、松本は「そんなことないわよ！」と反論する。

「あ、あたしは、本当に柊二のことが好きで――」

「だったら」

「！」

松本の言葉を、千鳥がさえぎった。

「だったら、なおさら諦《あきら》めるべきだろ」

「な、どうして……」

意味が分からない、という顔をした松本に、千鳥が軽蔑《けいべつ》を込めたまなざしで、告げる。

「好きな相手の幸せを願うのが、本当の好きって気持ちだと俺は思うけど？」

「――――！」

千鳥の言葉に、松本が言葉を失った。

第5章

5-1 五月十八日 心配

5-2 五月十九日〜二十一日 謝罪

5-3 五月二十二日 転機

5-4 五月二十三日 従兄《いとこ》

5-1 五月十八日 心配

「なにそれ、嶋田先輩《せんぱい》ってば最低！」

美空の話に、萌がきっぱりと言い切る。

「萌ちゃん――」

「……俺も、嶋田先輩はひどいと思う」

「夏木君まで……」

柊二と別れた後、美空は裁判同好会の部室で萌と夏木になぐさめられていた。

教室に戻《もど》ってきた美空を迎《むか》えたのは萌と夏木の二人だけで、聞けば、千鳥は美空の後を追いかけてまだ戻ってこないのだという。

だが、千鳥のことよりも何があったのか、と、打ちのめされている美空を心配した萌に問いつめられ、ショックのあまり心が緩《ゆる》んでいた美空は、自分の見た全《すべ》てをあらいざらい萌にぶちまけたのだ。

「美空ちゃんっていう彼女がいるのに浮気《うわき》とか、ありえなくない!?　あれだけベタ惚《ぼ》れだったから友達として見守ってたのに、こんなの私たちに対しても裏切りだよ！」

萌が普段《ふだん》の口調を捨てて激怒《げきど》する。

夏木が萌に深くうなずいた。

「しかも……僕達が、模擬《もぎ》裁判をしていた間だ。千鳥先輩に口裏まで合わせさせて……」

卑怯《ひきょう》だ、と、夏木が吐《は》き捨てるように言った。

「美空ちゃん、嶋田先輩の謝罪なんて無視して正解だよ！」

「そうだな——。僕が言うことでもないが……葉常さんなら、もっと他《ほか》に良《い》い男がいる」

「……二人とも、怒《おこ》ってくれてありがとう」

二人に話すことでずいぶん落ち着いた美空が、力なく微笑《ほほえ》んだ。

「美空ちゃん……」

「葉常さん……」

美空は二人に「ごめんね」と謝る。

「私も、嶋田先輩は最低だと思うし、ひどいと思うし、裏切りだって感じた。謝罪なんて聞きたくないし、もう顔も見たくない。考えたくない。そう本当に思ってる」

だけど、と、美空が唇《くちびる》を強く嚙《か》んだ。

「だからって、嶋田先輩のこと嫌《きら》いになれないんだ――……」

「！」

「……っ」

絞《しぼ》り出すような美空の声に、萌も夏木も何も言えなくなる。

それでも、美空にとって今の言葉は本音だった。

（私はしょせん、嶋田先輩にとって気まぐれの〝仮〟彼女でしかなかったんだと思う。だって――……私、一度も『好き』って言われたことがない）

もちろん美空も言ったことがない。

気付いたのは、ついさっきだったからだ。

でも、言わなくて良かったと美空は思う。

（自分だけが相手を好きなんて、そんなの辛《つら》すぎるもの――……！）

一番辛いのは、好かれていないうえ裏切られたのに、柊二のことを嫌いになれない自分の気持ちだった。

（きっと嶋田先輩には、ああいう華《はな》やかな相手がお似合いなんだ。もともと、仮とはいえ私と付き合ってたことのほうが変だったんだ）

趣味《しゅみ》も服装も性格も、美空と柊二は正反対と言って良いくらいに重なるところがなかった。

（きっとあの人なら、ライブに着ていく服に迷うこともないよね。……お似合いの二人になるんだろうな）

柊二の姉が本当の彼女かと疑った時は、ここまで辛くなかった。

辛くなったのは、美空自身の気持ちが変わったからだ。

「美空ちゃん――」「葉常さん」

元気出して、と萌も夏木も伝えてくるが、美空にはどうしてもそれができない。

涙《なみだ》も流れないくらいに、苦しくて、寂《さび》しい。

（いま、一人じゃなくて良かった）

柊二に裏切られた上、友達もいなかったらと思うと美空はぞっとする。

だから、今の自分にできる最高の笑顔を美空は萌と夏木に向ける。

「二人とも、仲良くしてくれてありがとう。萌ちゃんと夏木君が居てくれて良かったよ」

「…………」

「…………」

無理やり作った美空の笑みが痛々しくて、萌も夏木もかける言葉が見つからなかった。


「――――よぉ」

「！　千鳥先輩？　今までどこに――」

千鳥が入ってきたのは、そんな時だった。

5-2 五月十九日〜二十一日
謝罪

その日から、柊二の謝罪攻撃《こうげき》がはじまった。

休み時間、手の中の機器の振動《しんどう》に美空はわずかに顔をしかめた。

（また嶋田先輩……）

休み時間になったとたん、柊二からケータイにメッセージが入ってくる。電話は、とっくに着信拒否《きょひ》にしていた。

朝から一Aの教室前に来て「ごめん……！」と謝ってきたので、柊二のそんな姿を人に見られるのも嫌《いや》で、「顔を見せないでください」と言ったからだろう。

（……あれ？）

『誤解させてごめん！』『あの人とはなんでもない』『俺には美空ちゃんだけだ』

よくありそうなメッセージを、美空は全て無視していた。

そのせいか、内容が少しずつ変化してきている。

『事実誤認《ごにん》だ』『無実なんだ』『不可抗力《ふかこうりょく》だった』

『ねぇ、情状酌量《しゃくりょう》をください』

（情状酌量、って――……）

その単語で美空が思い出すのは、裁判同好会のメンバーで話していた時のことだ。

『ジョージジョーシャクリョー？　美空ちゃん日本語喋《しゃべ》ってる？』
『くっそー、美空ちゃん、俺だって裁判用語とか勉強するからね!?』

（――嶋田先輩《せんぱい》、ちゃんと本当に勉強してくれてたんだ）

裁判関係だとよく喋る美空に合わせてくれたのだろう。
そう思うと、胸が締《し》め付けられる。
（だけど――）
きゅ、と唇を噛み、美空は耐《た》えるような顔で返信をした。

『棄却《ききやく》します』と一文だけ。


「はぁ……」

「……美空ちゃん、大丈夫《だいじょうぶ》？　寝《ね》れてる？」

教室でため息をつくと、後ろの席の萌が心配そうな顔で見てくる。

本当は眠《ねむ》れていないけれど、美空は「大丈夫だよ」と無理に笑顔《えがお》をつくってみせた。

「嘘《うそ》つき」

「…………」

さすがに友人の日は騙《だま》せないみたいで、萌にすぐに見破られる。

次の模擬《もぎ》裁判の準備を美空の代わりにうけおってくれた夏木が、資料を渡《わた》すために近付いてきたとき、冷静に告げた。

「……葉常さん、最近笑わないいな」

「え？」

「そういえばそうだよね～」

夏木の言葉に、萌が重いため息を吐《つ》く。

「そんなこと無いと思うけど……」

むしろ、美空は必死で笑うようにしている。

反論すると、萌と夏木両方に「全然違《ちが》う」と言われた。

(そっか、たしかに無理に笑顔を作ることはあっても、心から笑ったりなんかしてないもんね……)

柊二の浮気《うわき》事件以来、美空はうまく笑えなくなっていた。


次の日、留守番をしていた美空の家に薔薇《ばら》の花束が届けられた。

持ってきたのは五、六歳の少年で、美空が「いつ、どこで、誰《だれ》に頼《たの》まれたの?」と聞くと、

「いまさっき、そこのこうえんで、あかいおにいちゃんが『ひみつ』っていってた!」と答えてくれた。

(公園で、赤いお兄ちゃん? まさか——嶋田先輩?)

「じゃあね」と去って行く少年の後ろ姿を見ながら、美空は花束をそっと抱《かか》える。

(薔薇の花……)

優雅《ゆうが》な香《かお》りで思い出すのは、柊二との初デートだ。

薔薇園をイメージしたカフェに連れて行ってもらった。

(私が、好きな花は薔薇って答えたから)

こんな風に薔薇を贈《おく》ってきたのは、やっぱり柊二としか思えない。

(ううん、でも違う人の可能性もあるし……。――そうだ、あの子はついさっき近くの公園で頼まれたって言ってたよね。嶋田先輩は今どこにいるのかな)

もしかして柊二がネットで呟《つぶや》いているのでは、と思ってケータイから見てみると、柊二は現在裁判同好会の部室にいるようなことを書いていた。

(待って、でも今日は卓球《たっきゅう》部の屋内練習に貸してるから、そんなことはできないはず！　なのに、わざわざ嘘を書くなんて、まるでアリバイ工作みたいなことをするってことは――)

そっと一本だけ薔薇を花束から抜《ぬ》き取った後、美空は試《ため》しに声を張り上げてみる。

「――嶋田先輩、そこにいるんでしょう？」

「!!」

がさ、と、美空の家の植え込みが音を立てた。

（やっぱり……）

柊二は初デートの時、路線も住所も全く違うというのに美空を家まで送ってくれた。

だから、美空の家まで来ることも、薔薇を贈ることもできたのだろう。

「どういうつもりですか」

自分で思っている以上に冷たい声が出て、美空は心の中で後悔《こうかい》する。

だけど、美空にはどうすることもできない。

勝手に、冷たい声と冷たい目線になってしまうのだ。

柊二がしょんぼりと打ち明けた。

「……最近、美空ちゃんが笑顔じゃないみたいだったから、心配で」

「だからって、どうしてアリバイ工作みたいな真似《まね》までしたんですか」

問いつめる美空に、柊二がますます肩《かた》を落とす。

「俺からって分かったら、受け取ってもらえないかと思って………」

許してほしいとか以前に、俺は美空ちゃんに笑っていてほしいから。

そう告げた柊二の言葉に、美空は拳《こぶし》を握《にぎ》りしめる。

「――……っ」

ばさっ！　と、美空が花束を柊二に叩《たた》きつけた。

「！」

大きな花束に、柊二がとっさに目をつむる。

だけど美空は容赦《ようしゃ》しない。

にらみつけるようにして柊二を見る。

「――こんなの、受け取れません。笑顔にだって、なれません」

「美空ちゃん……」

柊二が傷ついた顔をする。

（当然、だよね）

頭の隅《すみ》ではひどいことをしていると分かっているけれど、美空自身にも自分の感情がコントロールできない。

薔薇の赤い花びらが、ひらひらと空中を舞《ま》う。

柊二の赤い前髪《まえがみ》が、うつむいた拍子《ひょうし》に揺《ゆ》れた。

「…………ごめん」

一言だけ謝って、柊二が帰って行く。

その後ろ姿に、美空の胸が苦しくなった。

でも何も言うことができなくて、一本だけ手もとに残してあった薔薇に顔を近づける。

優雅な香りは、柊二との初デートで嗅《か》いだものとよく似ていて。

(もう、あのころには戻《もど》れないんだ——)

哀《かな》しくて切なくて寂《さび》しくて、美空はそっと、赤い花弁に口づけた。

⚖ ♥ ⚖ ♥ ⚖

翌日の昼休み、美空のもとに珍《めずら》しい客が訪《おとず》れた。

「よっ、美空ちゃん元気?」

「千鳥先輩《せんぱい》——……」

顔を強張《こわば》らせた美空に、千鳥は初めて会った時と同じように唇《くちびる》の端《はし》を吊《つ》り上げて笑った。

「時間ある? 良かったらちょっと話そうぜ」

千鳥の誘《さそ》いに、美空はすこしためらう。

だが、何か言ってくれそうな萌も夏木も、今は用事があると言ってどこかに行ってしまっていた。

「……はい」

短くうなずき、美空はぱらぱらとめくっていた六法全書を持って席を立った。

ここなら人も少ないし話しやすいだろう、と、美空が選んだのは図書室だ。

焦《こ》げ茶色のタイルに古い革張《かわば》りの洋書が並ぶ本棚《ほんだな》。

梅雨《つゆ》が近いからか最近は雨が多く、広い窓の向こうには雲が広がっている。

「──なんで柊二のこと許してやんねーの？」

千鳥が、単刀直入に問いかけた。

「…………」

美空は痛みに耐《た》えるように、唇をきゅっと引き結ぶ。

「誤解すんなよ？　美空ちゃんを責めてるんじゃなく、俺は純粋《じゅんすい》に疑問なの」

緊張感《きんちょうかん》をゆるめようと、千鳥は美空と向かい合うのをやめて一人で椅子《いす》に座る。

アンティークのような優美な猫足《ねこあし》椅子が、ぎしりと音を立てた。

「柊二は松本先輩に一方的に迫《せま》られてただけって説明しただろ？　そりゃ、付き合ってる子がいるのに、他《ほか》の女を拒絶《きょぜつ》できない柊二の隙《すき》の多さにも問題があるとは思うけどよ」

「はい──」

実は、柊二が「誤解だ」と説明するまでもなく、浮気事件のあった日のうちに、美空は千鳥から実際に何があったのかを聞いていた。

(嶋田先輩が無実なのは分かってる)

だが、そういう問題じゃないのだ。

「……怖《こわ》いんです」

「へ？」

次にまた裏切られることが、怖い。

そう、美空は小さな声で打ち明けた。

「――！」

千鳥が言葉をのみこむ。

(私に意気地《いくじ》がないだけなのかもしれない。けど――)

「……私たちは、しょせん〝仮《だ》〟交際だから」

美空が手にした六法全書を抱きしめる。

「問題が起こればすぐに解消できる関係でしょう？　今回は嶋田先輩に隙があっただけで済むかもしれないけど、次は嶋田先輩も本気になるかもしれない」

柊二には、美空よりもっとお似合いの、お洒落《しやれ》で音楽に詳《くわ》しい人がいるかもしれない。

すくなくとも美空はそう思っている。

（……そんなのは、見たくない）

美空の口から、ずっと唇を噛《か》んで呑《の》みこんできた言葉がどんどんあふれてくる。

柊二の前では言えなかった弱音だ。

「嶋田先輩を許したい。だけど許せない。信じたい。でも信じられない。……また、同じことで傷つくのが怖いんです――……」

（嶋田先輩が好きだからこそ、裏切られるのが怖い。……嶋田先輩の一番になれないのが怖い）

自分がこんなに臆病《おくびよう》なんて、美空は知らなかった。

（初めてこの図書室で嶋田先輩に会った時は、六法全書さえあれば強くなれたのに）

「美空ちゃん……」

千鳥が痛ましげに美空を見る。

ごめんなさい、と、美空がか細い声で言った。

「私、嶋田先輩にいっぱいひどいこと言ってるし、しちゃってるって分かってるんです。メッセージを無視したり、冷たいことを言ったり、わざわざ家まで来てくれたのに追い返したり」

「それは……」

「悪いって分かってる。だけど、どうしても笑って済ますなんてできない。したくても、できないんです……！」

「………」

訴《うった》えるような美空の言葉に、千鳥が沈黙《ちんもく》する。

やがて、「難しいよな」とつぶやいた。

「俺には分かんねーよ。柊二が悪いのか、美空ちゃんが悪いのか、なんて。……多分、他人が決めることじゃないと思うし」

「千鳥先輩――」

ふいに、最初の模擬《もぎ》裁判で千鳥が言っていた言葉を思い出した。

『いやー、やっぱこう、有罪無罪、白黒はっきり決める裁判官が一番爽快《そうかい》だぜ』

（――恋愛《れんあい》も、裁判みたいに有罪無罪、白黒はっきりつけられればいいのに）

「でも俺はやっぱ柊二の友達だから、柊二の願いが叶《かな》ってほしいって思う」

「…………」

「ま、そんなこと言っても美空ちゃんの人生だし、結論を決めるのは二人だからな」

美空の答えを待たず、千鳥は「じゃあな」と図書室を後にする。

（誰《だれ》が正しくて、誰が悪いんだろう）

昔の美空なら、「最初から好きにならなきゃ良《い》いのに」と答えたかもしれない。

離婚《りこん》裁判をした映画のなかの男女に「最初から結婚しなきゃ良いのに」と思ったように。

だけど、美空はもう好きって気持ちを知ってしまった。

（……難しすぎるよ……！）

ぎゅ、と、もう一度美空は六法全書を強く抱きしめた。


美空と千鳥が図書室で話していたところ、柊二は裁判同好会の部室で萌と夏木に頭を下げていた。

「——頼《たの》む！　どうやったら美空ちゃんに許してもらえるか、俺と考えて……！」

勢いよく頭を下げた柊二に、夏木がわずかに尊敬のまなざしを向けた。

「嶋田先輩《せんぱい》……」

「……ちゃんと、葉常さんのこと真剣《しんけん》だったんですね。正直、驚《おどろ》いた……」

「俺は最初から、美空ちゃんに対してはずっと真剣で必死だよ」

「——！」

柊二がきっぱりと宣言する。

が、目を見張った夏木と違《ちが》い、萌は厳しかった。

「そんなこと言って、信じられません。美空ちゃん、すごく傷付いてるんですよ？　だいたい、嶋田先輩が他の女につけいられるような隙があるから悪いんです！」

「そ、それはたしかに悪いのは俺だと思うけど……」

萌に責められ、柊二の口が重くなる。

でも、と、苦しげな声で続けた。

「——すごい後悔《こうかい》してる。いつも通りに誰にでもいい顔して松本先輩に隙をつかれたことも、そのせいで美空ちゃんに誤解させたことも」

ちょっと魔《ま》が差しただけで人生が変わってしまうことを柊二は心底実感している。

（たった一度の過《あやま》ちでこんなことになるなんて――）

やつれて見える柊二を、萌と夏木が無言で見守る。

柊二が縋《すが》るように訴えた。

「俺はさ、美空ちゃんのことが本当に好きなんだ。これまで女子はどっちかっていうと怖くて、だからこそ適当にヘラヘラ笑ってやり過ごしてたのに、美空ちゃんだけは違った」

美空と知り合って、美空のことを好きになってから、柊二は世界がきらきらと輝《かがや》いて見えた。

「美空ちゃんには、いつも笑顔《えがお》でいてほしい。できれば俺が笑顔にしたい。……俺には、美空ちゃんしかいないから――」

「…………」

柊二の言葉に、萌がずい、と前に出た。

「――それ、美空ちゃんに言いましたか？」

「え？」

「告白。好きってちゃんと伝えたこと、ありますか？」

「…………え？」

柊二が、言葉を失った。

（…………俺、ちゃんと好きって言ったこと無いかも…………!?）


「やっぱり」

呆然《ぼうぜん》とする柊二に、萌が呆《あき》れかえった声をかける。

「やっぱり、って」

「普段《ふだん》から好きだって何度も言ってくれたり気持ちを伝えてくれたりしてたら、彼氏が浮気《うわき》したなんて簡単に信じません。さきに彼氏を信じます。……何かの間違いだよね、って」

（たしかに、そうだよな）

萌の言葉に、柊二は納得《なっとく》する。

「つまり……美空ちゃんは、俺の気持ちを信じてないってこと？」

「ちゃんと言葉にされてないなら、信じられなくても当然じゃないですか？」

「う――」

なにより、と、萌は息を大きく吸った。

「――〝仮交際〟なんて中途半端《ちゅうとはんぱ》なこと、いつまでもやってるからですよ！」

「!!」

萌の指摘《してき》に、柊二が肩《かた》を揺《ゆ》らす。

だが萌は止まらない。

「美空ちゃんはずっと、しょせん嶋田先輩の気まぐれで始まった〝仮交際〟だから、気まぐれで終わるに決まってるって思ってるんですよ!?」

「はあ!?　なにそれ！」

気まぐれ、なんて言った覚えのない言葉に、柊二も冷静ではいられない。

萌が泣きそうな顔になる。

「……私が、最初に深く考えない方が良いよなんて言っちゃったから……っ」

「！」

しまった、と後悔しても遅《おそ》い。

「桃井さん」と、夏木が萌の肩を抱《だ》いた。

萌が涙《なみだ》を必死に我慢《がまん》して、言葉を続ける。

「だって……嶋田先輩は誰にでも優《やさ》しくて、誰のことも彼女にしないって噂《うわさ》だったし、美空ちゃんは嶋田先輩に話しかけられて困ってたし、気を楽にさせたくて、それで……、……あんなこと、言っちゃって」

萌の言葉に、柊二は心当たりがある。

誰にでも優しくて、誰のことも彼女にしない。そう振《ふ》る舞《ま》っていたのは事実だ。

それに、美空が柊二に話しかけられて困っていたのも、事実だった。

美空に対して、一度も〝好き〟と伝えていないことも。

(!　俺の自業《じごう》自得か……!)

情けなくて、柊二は内心で舌打ちする。

「ごめん、萌ちゃん……!　萌ちゃんや美空ちゃんが俺の行動を気まぐれだって思うのは当然だし、俺がちゃんと自分の気持ちを伝えてなかったのが悪いんだよな――……」

後悔が柊二の胸におしよせる。

「ちが、ごめんなさい……っ」

「――……桃井さん、もう、いいから」

夏木が、優しく萌の肩を叩《たた》いた。

眼鏡越《ご》しに、夏木の冷静な瞳《ひとみ》が柊二を射る。

「好きだ、って、伝えていたら違ったと思いますよ。僕から見ても、葉常さんはいつも不安そうでしたから。……あなたは気付かなかったみたいですけど」

「不安って、なんで、なにが」

柊二の呆然とした声に、夏木が即答《そくとう》する。

「〝嶋田柊二の彼女は自分で良《い》いのか〟、です」

「は……!?」

「僕や葉常さんみたいなタイプからすると、嶋田先輩みたいな人は正反対のタイプですから、隣《となり》に立っていて不安になってもおかしくないじゃないですか？　ましてや、嶋田先輩は女子に人気があって、そのうえ浮気現場なんて見た日には、僕だったら〝ついに終わりが来たか〟って思いますすね」

「――――！」

珍《めずら》しく多く喋《しゃべ》る夏木の目は、それだけ真剣《しんけん》だった。

（そんなこと、考えたこともなかった……！）

改めて、柊二は美空のことを分かっていなかったのだと痛感する。

「しばらく、葉常さんのことも自分のことも冷静に考えたほうが良いと思います。これからのことを」

「これから……」

「僕は……桃井さんのためにも葉常さんのためにも、葉常さんには傷付いてほしくないので」

柊二に言い、夏木は萌に「行こう」と声をかける。

「待って、夏木君」と萌が柊二の前に駆《か》け寄った。

「あの、嶋田先輩《せんぱい》、本当にごめんなさい……！」

赤い目で頭を下げられ、柊二はあわてて手を振る。

「いや、萌ちゃんの責任は全然ないよ！　さっきも言った通り、萌ちゃんがそう思うのは当然だし、俺の自業自得だからさ。むしろ……気付かせてくれて、ありがとう」

感謝をこめて、柊二が微笑《ほほえ》む。

萌がふわふわのボブを揺らしてうなずいた。

「……美空ちゃんのこと、好きならあきらめないでくださいね」


ぱたん、と、扉《とびら》が閉まる音がした。

（美空ちゃんと俺のこれから、か――……）

誰《だれ》もいない教室で、柊二は教壇《きょうだん》を見つめる。

美空の面影《おもかげ》が、頭をよぎった。

同じころ、美空も図書室で柊二のことを考えていた。
（傷付いて、傷付けて、私は結局どうするつもりなんだろう）
分からなくて、美空は六法全書を指でなぞる。
法律で定められた罪だけでは、いろんなことが裁ききれない。
（だから裁判官が必要なのかな）
出口の見えない迷路《めいろ》にはまってしまった気分だった。

5-3 五月二十二日　転機

（――とりあえず、弁論大会の準備をしよう）
美空を気遣《きづか》う萌や夏木にも、それを伝える。

なにせ弁論大会は一週間後の二十九日なのだ。

人前で喋るための練習として前日に模擬《もぎ》裁判をさせてもらえることになっているが、いっそ模擬裁判は無しのほうが良いかもしれない、と美空は思う。

(だって、どうしても嶋田先輩のことを考えちゃうし、緊張《きんちょう》する機会なんて一度で良い気もしてきたし……)

一人で考えごとをしつつ、歌楽坂高校から最寄《もよ》り駅まで十五分間、歩いて行く。

(この道だって、嶋田先輩と登下校したこと思い出しちゃうくらいなのに――)

「――あれっ、あなた、美空ちゃん?」

「!」

名前を呼ばれて顔を上げると、つややかなハニーブロンドが最初に目に入った。

次に、甘い目元が印象的な華《はな》やかな美貌《びぼう》、モデルのようなプロポーションを見て、美空は思い出す。

「嶋田先輩の、お姉さん……!?」

「そう、咲ね。ひさしぶり!」

柊二に良く似た顔が、あでやかに微笑んだ。

「ご、ご無沙汰《ぶさた》しています……」

「そんな他人行儀《ぎょうぎ》にしなくていいのよ？　柊二が迷惑《めいわく》かけてない？」

にこにこと微笑まれ、美空はいたたまれない気分になる。

（この笑顔、もしかして嶋田先輩は私と別れたこと、お姉さんに言ってないのかな）

かといって美空から「別れました」と言う気にもなれなくて、「いえ」と言葉をにごす。

「あの子、初めての彼女だから浮《う》かれちゃってるのよね～。もう、美空ちゃん美空ちゃんってうるさいの」

「――……初めて？」

信じられない言葉に、美空が聞き返す。

（嶋田先輩って、もっと遊んでるイメージだったんだけど……）

あら、と咲がまばたきをした。

「柊二から聞いてない？　実は柊二、小学生のころに女の子に苛《いじ》められて、それ以来すっかり女嫌《ぎら》いになっちゃったのよね」

「女嫌い……!?」

「そう。たしか告白されて断ったら、その子の友達がクラスのリーダー的な女の子だったらしくて、〝私の友達を振《ふ》るなんて最低〟とかって理由でクラスの女子全員に苛められちゃったの」

（な、なにそれ、ひどい！）

美空の心を読んだように、咲が「ひどいけど、まあよくある話よね」と肩《かた》をすくめる。

「けど、その後も顔目当ての子とか、バンドマンを彼氏にして自慢《じまん》したい女の子とかにモテるせいなのか、どんどん捻《ひね》くれちゃってね。〝女の子なんて、どうせ顔と肩書きしか見てないじゃん〟とか言いだしちゃって。そのくせ昔のことがトラウマで女に強く出れないんだって。馬《ば》鹿《か》よねー」

「いや、それは……」

（嶋田先輩がそう思うのも無理ない気がする……）

柊二がこの場に居たら、横暴な姉がいたのも要因だ、と騒《さわ》ぐところだろう。

「だけど――」

べらべら喋《しゃべ》っていた咲が、急に口ごもった。

「？　どうしたんですか？」

「――……美空ちゃんだけは、特別だったみたい」

「！」

柊二とよく似た瞳《ひとみ》が甘く微笑む。

「外見と才能にある程度恵《めぐ》まれたせいで、妙《みょう》に世の中斜《なな》めに見てるような奴《やつ》だったくせに、美空ちゃんと知り合ってからは毎日必死で、頑張《がんば》るのが楽しいって言ってたわ。カノェ調べたりバンド練習増やしたり法律漫画《まんが》読んだり大学受験について調べたり……」

「そ、そんなことをしてるんですか⁉」

「あ、口止めされてたんだ。柊二には秘密ね」

「お姉さん……」

つい呆《あき》れてしまう美空に、咲は「まあいいじゃない」と平気そうだ。

「とにかく、あの子生まれて初めて本気になってるから、情けないところもたくさんあると思うけど、長い目で見てやってね」

あなたを好きなことだけは本当だから、と、咲は言いたいことだけ言って去ってしまう。

〝美空ちゃんだけは特別――〟

咲の言葉が、じわじわと美空の心に浸透《しんとう》していく。

（……本当に、信じて良《い》いの？）

もちろん、真実は美空には分からない。

柊二の気持ちが、どこにあるのかなんて本人に確認《かくにん》しないと何とも言えない。

（だけど――）

女子に苛められたのがトラウマで、女性に強く出られなくなったという柊二。

（……私と、一緒《いっしょ》だ）

美空も、小学生のころに仲間外れにされて人付き合いがうまくできなくなった。

断ることが、できなくなった。

（全く正反対だと思ってたのに）

ちゃんと、生き方が不器用だという共通点があったのだ。

（ただそれが、分かりにくかっただけで……）

共通点なんて、そんなものかもしれない、と美空は思いはじめる。

（趣味《しゅみ》とか服装とかが違《ちが》ってても、もっと根本的なところが似ているから、一緒に居て楽だったり幸せだったりするのかな）

たった一つの恋《こい》しかしていないから、分からないけれど。

（――嶋田先輩《せんぱい》を、信じたい）

そう、心から思う。

（だけど、どうすればいいの？　どうやったら、嶋田先輩を許して、信じられるようになるの？）

ずっとずっと悩《なや》み続けて出なかった問題に、また行き当たる。

（誰《だれ》か、教えてほしい――）

美空の脳裏《のうり》に、一人の人物が思いうかんだ。

（……決めた）

鞄《かばん》の中の六法全書ではなく、ケータイをとりだす。

（『海音お兄ちゃんへ』、と――）

5-4 五月二十三日

従兄《いとこ》

柊二の姉に会ってから約二十四時間後の土曜日。

都心にあるマンションの一室で、美空は北欧《ほくおう》風のソファに腰《こし》かけていた。

「——はい、美空。甘いものを飲むと疲《つか》れもとれるよ」

「ありがとう、海音お兄ちゃん……」

美空専用のマグカップで渡《わた》されたのは温かいロイヤルミルクティーだ。

一口飲むと甘味が口の中に広がり、海音の言う通り疲れが解《ほど》けていくような気がした。

(やっぱり海音お兄ちゃんの部屋は落ち着くな)

もしかしたら、自分の部屋より安心できるかもしれない。

間接照明の淡《あわ》い光が、美空の向かいに座る海音を照らした。

中性的な顔立ちと、さらさらと音を立てそうな長めの髪《かみ》、白くてきめの細かい肌《はだ》。

それだけならやわらかい印象になりそうなのに、目の前の従兄はあくまでも理知的な容貌《ようぼう》をしている。海音の目は鷹《たか》に似ている、と言ったのは美空の父だ。

学生時代は剣道《けんどう》に打ち込んでいた隙《すき》のない身のこなしが鋭《するど》さを感じさせるのかもしれない。

今は大手弁護士事務所で新人として期待されていると聞いている。

だが、美空の前ではいつだって〝優《やさ》しい海音お兄ちゃん〟だ。


「海音お兄ちゃん、私、どうすればいいのかな……？」

柊二との出会い、付き合うことになった流れ、付き合っていた時のこと、そして先日の浮気《うわき》事件と、その後の柊二と自分の行動を説明し終わって、美空は海音にあらためて問いかける。

海音が優しく微笑《ほほえ》んだ。

「――美空は覚えてる？　映画の中で離婚《りこん》裁判したのに、まずは夫婦《ふうふ》生活を行うよう命令された二人」

「え？　う、うん、まあ」

美空がこくりと頷《うなず》く。

忘れるはずがない。美空にとって、裁判官を目指すきっかけになった映画だ。

（あの二人は裁判官にそう命じられて、それでも無理なら離婚しても良いってことになったんだよね。でも――）

「私と嶋田先輩の問題に判決をくれる裁判官はいないよ？　そりゃ、いっそ裁判みたいに誰が有罪で、どんな罪になるのか決められたら楽だけど……」

美空の言葉に、海音がちいさく「そうだね」とささやいた。

「ただ、前にも言ったと思うけど——……裁判はさ、善悪を決めるんじゃなく、その後の生き方を示してくれるから有《あ》り難《がた》いと思うんだ」

(そういえば、海音お兄ちゃんは前にもそう言ってた)

海音が真剣《しんけん》なまなざしで美空を見る。

「罪になるか、どんな罰《ばつ》がふさわしいか決めることはしても、誰が善人で誰が悪人かなんて、きっと誰にも決められない。それを決めるのは……傲慢《ごうまん》だと俺は思うよ」

「！」

海音に言われ、美空の体が強張《こわば》る。

「で、でも、じゃあ、裁判は何のためにあるの？」

「どっちが正しいとか悪いとかじゃなく、だから、どうするのか。〝未来〟を決めるのが、裁判だと俺は思ってる」

「未来——……」

あくまで俺の考えだけどね、と付け足した上で、海音が美空の顔をのぞきこんだ。

「彼が有罪だと思うなら——罰に、美空は何を望むの？　彼と、どうなりたいの？」

「わ、私は……」

海音の手のひらが、美空の頭を撫《な》でる。

柊二のそれより大きな手だけれど、美空の鼓動《こどう》が速くなることはない。

(海音お兄ちゃんのそばは安心できる。だけど、どきどきはしないんだ)

いつの間にか、美空の心のなかで柊二が海音よりも大きな位置を占《し》めていた。


それに、と、海音は言う。

「彼——嶋田君は美空とどうなりたいと思ってるのか、美空は知ってるの？」

「え……？」

海音の言葉に、美空は目を見開く。

「お付き合いってことは契約《けいやく》なんだから、片方が一方的に破棄《はき》なんてできないんだよ？　まずは嶋田君のほうの意見を聞くべきなんじゃないかな。聞いてる話だと、嶋田君が美空のことをどう思ってるのか、聞いたことが無いよね？」

「そ、それはたしかに無いけど……」

「嫌《きら》いなのか、別れても良《い》いと思ってるのか、今はとりあえず好きなのか、ずっと好きなのか、ちゃんと聞くべきだと思うよ」

「そんなこと聞いちゃうの⁉」

（恥《は》ずかしくて絶対聞けないよ‼）と美空は悲鳴に近い声をあげる。

海音がちいさく笑った。

「え、待って、海音お兄ちゃん、今の冗談《じょうだん》なの？」

「どうかな。俺は必要だと思うけど。……でもとにかく、裁判はお互《たが》いの意見をぶつけなきゃね」

ぽんぽん、と、海音が美空の頭を軽く叩《たた》く。

「裁判、って……」

とまどう美空に、海音は自信ありげにうなずいた。

「――……やってみなよ、〝恋愛《れんあい》裁判〟」

「な……!!」

(恋愛、裁判――？　そんな……)

そんなもの、聞いたことがない。

だが海音は「美空には良いと思うよ」と優雅《ゆうが》に手を動かした。

「裁判みたいに恋愛も、有罪か無罪か、はっきり白黒つけたいんだよね？　なら、徹底的《てっていてき》に争えばいい」

(争う？　私と、嶋田先輩《せんぱい》が？)

考えたことがなくて、美空は言葉が出てこない。

海音が安心させるように微笑んだ。

「……争った先に、二人が納得《なっとく》できる結論が生まれると思うよ」

「海音お兄ちゃん――」

(たしかに、来週の木曜日には、もともと私と嶋田先輩とでやる予定だった模擬《もぎ》裁判がある)

裁判で、柊二と争う。

それは正直言って、美空には怖《こわ》い。

（――……嫌われるのが、怖い）

だけど、と、高校に入るときの決意を美空は思い出す。

高校に入ったら変わろうと思っていた。

友達を作って、人前で喋《しゃべ》れるようになって、裁判官としてふさわしい人間になりたい。

〝高校生なんだから、もっと人付き合いできるようになる〟

そう決めていた。

（実際に変えてくれたのは、嶋田先輩だ）

柊二のおかげで人と気軽に話せるようになった、友達もできた。

（……好きって気持ちも、好きだからこそ臆病《おくびょう》になる気持ちも、心の痛みも、知った）

だからこそだ、と、美空は心を決める。

（だからこそ、私が変わるきっかけを作ってくれた、嶋田先輩に向き合おう――……！）

自分が柊二とどうなりたいのか、柊二はどう思っているのか。

お互いの気持ちを、全部知りたいし伝えたかった。

「でも――…………いな」

ケータイを取り出した美空を見て、海音がちいさく何かを言ったが、美空の耳には届かなかった。

⚖ ♥ ⚖ ♥ ⚖

同じ日の、同じ時刻。

歌の練習をする気にもなれなくて、家でゴロゴロして「うざい」と姉に叱《しか》られていた柊二が、着信音でケータイにとびついた。

(この音は、美空ちゃんからメッセージ!?)

画面には、短い一言が映っていた。

『木曜日、裁判に来てください』

(本当に美空ちゃんだ……!)

久々のメッセージに、柊二は内容以上に送ってくれたこと自体に感動する。

（大丈夫《だいじょうぶ》、俺はまだ忘れられたわけじゃない）
自分で自分を奮い立たせ、柊二は『もちろん行く』と返信する。
美空が何を考えて柊二にメッセージを送ったのか、柊二には分からない。
（でも、この機会に言うんだ。これを逃《のが》したら、きっともう次は無い）
なにもかも、全《すべ》て。
柊二は美空に、告げるつもりだった。

第6章

6-1 五月二十八日 恋《れん》愛《あい》裁《さい》判《ばん》

6-1 五月二十八日

恋《れん》愛《あい》裁《さい》判《ばん》

やがて迎《むか》えた木曜日の放課後。

旧校舎の裁判同好会部室には、美空と柊二だけだ。

萌と夏木と千鳥の三人には、二人で話したいから来ないでほしいと美空から頼《たの》んである。


(大丈夫、いろいろ散々、考えた)


美空は深呼吸して気持ちを落ち着ける。

久々に見た柊二の姿に、それだけで胸が苦しくなったからだ。

けれど、ずっとお守り代わりにしてきた六法全書は持ってこなかった。

(だって今日の裁判は六法じゃ裁けない)

裁きあうのは、お互《たが》いの心だ。

静かな部屋に、美空の声が響《ひび》きわたる。

「――恋愛裁判、開廷《かいてい》します――」

「恋愛裁判――!?」


初めて聞かされた単語に、柊二が息をのんだ。

美空が「そうです」とうなずく。

いつもと同じように乱れのない美空の制服姿は、まるで裁判官の法服のようにも見える。

裁判はまだ始まったばかりだというのに、柊二は有罪判決をうける囚人《しゅうじん》のような気分で美空と目を合わせた。

美空も、おなじように目を合わせ柊二の視線を受けとめる。

『徹底的《てっていてき》に争えばいい』

海音の言葉が、美空の頭に響いていた。

（だから、まず私は言うんだ）

原告として、被告《ひこく》の柊二の罪を追及《ついきゅう》するべく、美空は用意してきた文章を読み上げた。

「原告、葉常美空は、被告、嶋田柊二の不貞行為《ふていこうい》――浮気《うわき》による精神的苦痛を訴《うった》えます」

「！」

美空の言葉に、柊二が泣きそうな情けない顔をする。

有罪を突《つ》きつけられ、別れを告げられた日を思い出したのだ。

違《ちが》う、と唇《くちびる》が言っていた。

だが、美空は無視して続ける。

「よって――私は、嶋田先輩《せんぱい》に罪を償《つぐな》うことを求めます！」

「え……？」

予想外の言葉に、柊二が首をひねった。

「ちょ、ど、どういうこと？　何をすればいいの、俺は？」

「その前に、聞いてください」

美空が口を開く。

「……この間はショックすぎて、嶋田先輩に有罪を突きつけることしかしませんでした。有罪だから、仮交際は解消だ、って、それしか言えなかった。でも――」

美空が、柊二をにらみつける。

「そんなの、私が逃《に》げてるだけだった」

「逃げ――？」

柊二に問われ、美空がうなずく。


「裏切られてショックだったし、嶋田先輩はひどいって思った。浮気なんか最低、って思うのと同じくらい、仮交際なんてひどい、って思った」

「!!」

「仮じゃなかったら、もっと堂々と彼女として嶋田先輩に怒《おこ》れるのに、仮彼女だったら、それさえできないじゃないですか……！」

「美空ちゃん――」

それだけじゃない、と美空は拳《こぶし》を握《にぎ》りしめる。

「私だって、嶋田先輩に冷たく当たったり、ひどいこと言ったりしたくない。できれば嶋田先輩の言うことも信じたい。だけど、信じられない。信用を裏切ったんだから、信じられなくても仕方ないでしょう？」

そもそも、と、美空は言う。

「無理やり仮交際なんか始めたくせに、勝手に裏切るなんて、ひどすぎます――……！」

「ご、ごめん……！　ごめん、美空ちゃん‼　だから、俺はどうすればいいの？　どうすれば許してくれる？」

「……っ」

ねぇ、と、柊二は問いかける。

「俺はどうやって償えばいいの――⁉」

柊二に考えられるかぎりのことはやってみた。

だけど、〝信頼《しんらい》を失わせるようなことをしたのは柊二〟というのは事実で、だったらどうすれば信じてもらえるのか、本当に分からないのだ。

ただ、許してほしいだけなのに。

(俺には美空ちゃんだけが全《すべ》てなのに――)

「どうすれば許せるかなんて、そんなの私にも分かりません！　だけど、そうじゃない、そうじゃなくて――」

美空が、切ない瞳《ひとみ》で柊二を見上げた。

「嶋田先輩だって、私を訴えるべきでしょう⁉」

「――！」

「だって私たち、どちらも傷ついて、傷つけあったんだから――」

美空の声が、柊二の胸を突いた。

「きっと、どっちが悪いとかじゃない。どうしたいか、なんです……！」

「美空ちゃん――」

見れば、いつのまにか美空は壇上《だんじょう》から柊二の前に降りて来ていた。

「……私、先輩の気持ちを聞いてません。先輩が、どんな判決を望んでるのか」

「俺の――？」

美空は二人の意見を天秤《てんびん》にかけようとしている。

それに気づき、柊二が緊張《きんちょう》で喉《のど》を上下させる。

「私だけ訴えるなんて、そんなのずるいでしょう？　離婚《りこん》裁判で離婚か婚姻継続《こんいんけいぞく》が決められるみたいに、恋愛《れんあい》裁判で別れるかどうするか決めるなら、先輩はどんな未来を――」

言いかけたところで、柊二が美空の腕《うで》をとった。


「な――」

突然《とつぜん》腕を摑《つか》まれ、美空が息をのむ。

だけど、何かを言う前に。


「――俺は、美空ちゃんと一緒《いっしょ》にいたいよ」


甘い中低音に真剣《しんけん》な響《ひび》きをこめて、柊二が言い切った。

「美空ちゃんが好きだから、美空ちゃんに許してほしいって思った。許してもらって、また一緒に居るために」

「……‼」

「美空ちゃんは？　美空ちゃんは、どんな未来を求めるの？」

別れたいのか、付き合いたいのか、それとも他《ほか》の何かなのか。

聞きたくて、柊二は美空に問いかける。

「私は……っ」

柊二の真摯《しんし》な瞳に見すえられ、美空の心臓が跳《は》ねる。

どきどきして、不安になって、嬉《うれ》しくて。

いろんな気持ちが混ざって、痛いくらいに胸が苦しい。

（だけど――）

「――……私も、嶋田先輩と一緒に居たいです……――！」

ふりしぼるように、美空が告げた。

「私も、嶋田先輩が好きだから……！」

（そうだ、ずっと、そう言いたかったんだ）

仮交際だから、いつか終わると思って不安にばかりなっていた。

(だけど、ずいぶん前から嶋田先輩《せんぱい》のことを好きになってた)

だから終わってしまうことが寂《さび》しくて哀《かな》しかった。


「美空ちゃん――……っ」


柊二の腕が伸《の》びる。

美空の体を、強く抱《だ》きしめる。

美空が、ふるえる声で言った。


「嶋田先輩のこと、いろいろ許せません……！　罰《ばっ》を与《あた》えてほしいとも思う。だけど――」

美空の手が、そっと柊二の服を摑む。

「――だけど、一緒に居たいんです」


凜《りん》とした響きに、柊二の腕に力がこもった。

やっぱり美空は美空だ、と思う。

強い意志と熱い想《おも》いを持った、かわいくて格好いい女の子。

（……俺の好きな、女の子だ）

「許さなくていいよ」

柊二が美空の耳もとに告げた。

「一生、許さなくていいから、代わりに傍《そば》に置いて」

「——え？」

どういう意味か、と見上げた美空に、柊二があざやかな笑《え》みを向けた。

赤い前髪《まえがみ》がさらりと揺《ゆ》れる。

「——————終身刑《けい》で、償《つぐな》う覚悟《かくご》はできてるから」

「な……、ど、どういう意味ですか!?」

顔を赤くして慌《あわ》てる美空に、柊二は「そのままの意味だよ？」とあっさり答える。

もともと、美空に会えたら言おうと思っていた。

「俺はさ、魔法使《まほうつか》いじゃないから過去を変えることはできない。美空ちゃんにつけた傷だって治せないかもしれない。だけど――」

柊二が、美空の頰《ほお》を手で包んで上向かせる。

「もう二度としない証《あかし》に、このさき一生美空ちゃんにしか触《ふ》れないって誓《ちか》うことはできる」

「嶋田先輩――」

「……誓うよ」

不安そうな美空に、柊二は笑いかける。

「美空ちゃんを安心させたいから、誓う。それで、どれだけ時間がかかってもいいから、美空ちゃんにつけちゃった傷を少しでも癒《いや》せるよう、傍で頑張《がんば》りたいんだ」


「……こんなの、まるでプロポーズです」

「だめ？――これじゃ、償いにならないかな」

美空の機嫌《きげん》をうかがう柊二に、美空が泣き笑いのような表情を浮《う》かべた。

（プロポーズって言われて否定しないんだ）

美空の胸に、温かいものがあふれてくる。

（――……私が一番ほしかった言葉、きっとこれだった）
許しを請《こ》う言葉よりも、未来への新しい約束。
（嶋田先輩は結局、いつだって私のことを一番考えてくれてるんだ――）
〝償いにならないか〟という柊二の問いに、美空はゆっくりと微笑《ほほえ》んで。
厳《おごそ》かな声で、判決を言い渡《わた》した。

「――……被告《ひこく》、嶋田柊二、有罪。……終身刑に処します」

「以上、閉廷《へいてい》」と、美空が告げた。
話を聞いて、萌たちが「よかったよぉ～！」「心配させんなよな」「安心しました……」と、大声で喜びをあらわしたのは、その後のことだ。

エピローグ

「――以上が、私が裁判官を志望する理由です」

美空と柊二が、あらためて正式な彼女と彼氏になった翌日。

美空は講堂で全校生徒を前に壇上《だんじょう》に立っていた。

スポットライトのまぶしさと、自分を見つめるたくさんの視線に、美空の膝《ひざ》ががくがくと震《ふる》えそうになるが、必死で耐《た》える。

(これも、裁判官になるためには良《い》い挑戦《ちょうせん》だよね!)

自分で自分に言い聞かせる。

本当は直前まで、前以上に美空を甘やかすようになった柊二が〝自分が代わりに出ようか〟と言っていたのだが、もちろんすぐに断った。

(そういえば、嶋田先輩には断るのも本当に平気になったな。よく考えてみれば、嶋田先輩のお姉さんに声を掛《か》けられた時も、前ほど緊張《きんちょう》しなかったし……)

少しずつ成長できている実感に、美空の胸が熱くなる。

原稿《げんこう》は、もう最後の部分だった。

「裁判官じゃなくても、誰《だれ》かを裁く機会はたくさんあると思います。そんな時に、善悪を裁くのはとても難しいということ、そして、罪を責めるためではなく、未来をつくるために裁くのだということを心に留めてもらえれば、個人的には嬉《うれ》しいです」

拍手《はくしゅ》につつまれながら、「二A、葉常美空でした」と、礼をする。

（終わった——……！）

弁論大会は、大成功だった。

⚖　❤　⚖　❤　⚖

舞台袖《ぶたいそで》に入った美空の胸もとで、ケータイが振動《しんどう》した。

（メッセージ？　誰だろう……、——って、これ！）

画面に表示された言葉に、おもわず美空が目を見開く。

だが、返信するよりも前に「美空ちゃん」という声とともに、すぐ近くで赤い前髪がゆれるのが見えた。柊二が手を振《ふ》って立っている。

「嶋田先輩《せんぱい》？　どうして舞台袖なんかに……」

何かあるのか、とまわりを見てみるが、柊二の他《ほか》には誰もいない。

発表者は、すぐに自分の席に戻《もど》ることになっているのだし、次の発表者や教師たちは反対側の袖にいるのだから当然だ。

（こんなところに用なんて無いと思うけど――）と、美空が思った次の瞬間《しゅんかん》。

「――弁論大会出場、お疲《つか》れ様！　おめでとう!!」


ぎゅ、と、美空は柊二に抱《だ》きすくめられていた。

「な……っ」

突然《とつぜん》のことに、美空の顔が一瞬で赤くなる。

けれど柊二は気にしない。


「やっぱり美空ちゃん、すごい格好よかった。自慢《じまん》の彼女だよ！」

「そ、そんなことありません。……やっぱり、弁論大会は緊張しました」

にこにこと嬉しそうな柊二に、美空のほうが照れてしまう。

柊二が「たしかに、模擬《もぎ》裁判なら、もっと格好いいかもね」と笑う。

「実はさ、俺も音楽、もっと真面目《まじめ》に挑戦してみようって思うんだ」

「本当ですか⁉」

「あ、美空ちゃんと同じ大学も目指すけどね。でも……せっかく、好きなものだしさ」

恥《は》ずかしそうに笑う柊二に、美空が「はい！」と力強くうなずいた。

「私も嶋田先輩の歌うところ、もっとたくさん見たいです。それに――頑張る嶋田先輩は、格好いいって思います」

「――！　そこで笑うとか、ずるくない……⁉」

「え？　どうして……」

「かわいいから！」

「！」

柊二の言葉に、美空の顔がいっそう熱くなる。

だけど柊二の顔も、同じように少し赤くなっているのが見えて、美空は安心する。

（嶋田先輩の気持ちも、私と一緒《いっしょ》なんだ――）

柊二が照れたように苦笑《くしょう》した。

「音楽に前向きになれたのも、いろんなことに頑張《がんば》れるのも、全部、美空ちゃんのおかげだよ。……ありがとう」

柊二の言葉に、美空が小さく首を横に振った。

「私こそ、嶋田先輩のおかげでたくさん変われたし、成長できました」

(そうだ、友達も、裁判同好会も、勇気も、恋《こい》も、いろんな感情も、全部)

柊二と一緒じゃなければ、一生知ることができなかったかもしれない。

きゅっ、と唇《くちびる》を噛《か》んだ美空の髪《かみ》を、柊二が優《やさ》しく撫《な》でた。

「これからも、よろしくね。……その、もう二度と不安にさせないからさ」

「……そうですね」

え？　と、とまどった柊二に、美空は挑発的《ちょうはつてき》な笑《え》みを向けて、「でないと――」と告げる。

「……今度は私が浮気《うわき》しちゃいますよ？」

「は⁉　な、なにを」

「私だって、もてるんですからね」

「えええええ⁉　だ、誰！　相手は誰なの⁉　俺の知ってる奴《やつ》⁉」

あきらかに慌《あわ》てて動揺《どうよう》する柊二に、美空は胸ポケットのケータイをかすかに撫でた。先ほど届いたメッセージは海音からで、予想外の言葉が綴《つづ》られていたのだ。

『美空、俺で良ければいつでも相談に乗るからね。

ああ、くれぐれも男をつけあがらせちゃだめだよ。

でないと、俺が攫《さら》っちゃうから』

「美空ちゃん――⁉」

慌てる柊二に何も言わず、美空は小悪魔《こあくま》のように微笑《ほほえ》んだ。

コメント

小説『恋愛裁判 ~僕は有罪?~』
をお買い上げいただき、誠に、
ありがとうございます。
物語の中で少しずつ成長していく
美空と、情けないけどまっすぐな恋心を
貫く柊二の姿に心打たれました。
楽曲の最後に出てくる「君も有罪」
というフレーズには、様々な解釈が
できるかと思いますが、今回の物語の
結末も、その解釈のひとつとして、
楽しんでいただけると幸いです。
素敵な物語を執筆してくださった西本先生、
新たにイラストを描き起こしてくださった
たまさん、本当にありがとうございました!

←40mP→

from 40mP

from Hirona Nishimoto

こんにちは、西本紘奈と申します。

楽曲「恋愛裁判」は、個人的に40mPさまの作品の中でも動画含めて大好きな曲のひとつでしたので、とても楽しく書かせていただきました！

もちろん、この物語はあくまで一つの例です。曲をもとにこんな風に書く人もいるんだなと思ってくだされば幸いです。そのうえで少しでも楽しんでいただけると嬉しいです。曲を好きな気持ちだけはつめこみました!!

あらためまして、40mPさま、可愛くて格好いい素敵な曲の小説を書かせていただき本当にありがとうございます!!

たまさまの可愛いイラストも楽しみにしています!!

最後に、本書の制作に関わってくださった方々と読んでくださった皆さまに心から感謝申し上げます。ありがとうございました!!

恋愛裁判

小説化おめでとうございます!!

そして

ありがとうございます!!!

動画内の2人のやりとりに背景がつきましたね!
美空と柊二、2人だけでなく、周りの人物たちも
とても個性が強い! 和気あいあいとしていて、
こんな同好会あったら楽しそうだなと思いました!
そして相変わらず、2人を描くのは楽しいです
今回は絵を描かせていただきありがとうございました!

from Tama

初音ミクとは

『初音ミク』とは、クリプトン・フューチャー・メディア株式会社が2007年8月に企画・発売した「歌を歌うソフトウェア」であり、ソフトのパッケージに描かれた「キャラクター」です。
発売後、たくさんのアマチュアクリエイターが『初音ミク』ソフトウェアを使い、音楽を制作して、インターネットに公開しました。また音楽だけでなく、イラストや動画など様々なジャンルの クリエイターも、クリプトン社の許諾するライセンスのもと『初音ミク』をモチーフとした創作に加わり、インターネットに公開しました。その結果『初音ミク』は、日本はもとより海外でも人気のバーチャル歌手となりました。3D映像技術を駆使した『初音ミク』のコンサートも国内外で行われ、その人気は世界レベルで広がりを見せています。

WEBサイト
http://piapro.net

「恋愛裁判　僕は有罪《ギルティ》?」は、楽曲「恋愛裁判」を原案としています。
『初音ミク』『KAITO』の公式の設定とは異なります。

「恋愛裁判　僕は有罪？」の感想をお寄せください。
おたよりのあて先
〒102-8177　東京都千代田区富士見2-13-3
株式会社KADOKAWA　角川ビーンズ文庫編集部気付
「40mP」・「西本紘奈」先生・「たま」先生
また、編集部へのご意見ご希望は、同じ住所で「ビーンズ文庫編集部」
までお寄せください。

恋愛裁判《れんあいさいばん》　僕《ぼく》は有罪《ギルティ》？
原案／40mP　著／西本紘奈《にしもとひろな》

角川ビーンズ文庫　19215

平成27年6月1日　初版発行
令和6年3月20日　28版発行

発行者――山下直久
発　行――株式会社KADOKAWA
〒102-8177　東京都千代田区富士見2-13-3
電話 0570-002-301（ナビダイヤル）
印刷所――株式会社KADOKAWA
製本所――株式会社KADOKAWA
装幀者――micro fish

ISBN978-4-04-102821-6 C0193 定価はカバーに表示してあります。

◆◇◇

角川ビーンズ文庫
スキキライ
超人気!!
キュンキュンボカロ曲制作チーム♪
HoneyWorks楽曲が
物語となって登場!!
原案/HoneyWorks
著/藤谷燈子
イラスト/ヤマコ
大好評発売中!!
Illustration by Yamako
© Crypton Future Media, INC. www.piapro.net piapro

圧倒的支持!
40mPが贈る
最高に泣ける片恋ソング、
自身による小説化!
好評発売中!!!
KARAKURI
からくりピエロ
PIERROT
40mP
イラスト/たま
『君の中できっと僕は、道化師なんでしょ』 美術部の先輩・悠人の絵のモデルを引き受けた美紅は、彼に片想い中。思い切って告白すると、「あと一年、待ってほしい」と言われる。悠人の本心が知りたい美紅だけど…!?
© Crypton Future Media, INC. www.piapro.net

●角川ビーンズ文庫●

第弐巻 2018年4月1日発売予定！
小説
千本桜
壱
原案✽黒うさP／WhiteFlame
著・イラスト✽一斗まる
単行本累計
38万部
突破！
✽超人気✽
国民的ボカロ曲の文庫版
別の世界、大正一〇〇年の帝都桜京に迷い込んだ初音未來。
やがて未來はそこで出会った青音海斗らとともに妖異と戦うことに？
原曲のイラストを担当した一斗まるが贈る大正浪漫ファンタジー、ここに開幕！
大好評発売中!!
©WhiteFlame/一斗まる 2013,2018 © Crypton Future Media, INC. www.piapro.net piapro

「**俺は目覚めてしまった!**」厨二病をこじらせまくった男子高校生4人組——ヒーローに憧れる野田、超オタクで残念イケメンの高嶋、天使と悪魔のハーフ(?)中村、黒幕気取りの九十九。彼らが繰り広げる、妄想と暴走の厨二病コメディ!

角川ビーンズ小説大賞
原稿募集中！
君の〝物語〟がここから始まる！
角川ビーンズ小説大賞がパワーアップ！
https://beans.kadokawa.co.jp
詳細は公式サイトでチェック!!!
【一般部門】&【WEBテーマ部門】
賞金 大賞100万円
優秀賞30万円
他副賞
締切 3月31日
発表 9月発表(予定)
イラスト／紫　真依